I0655871

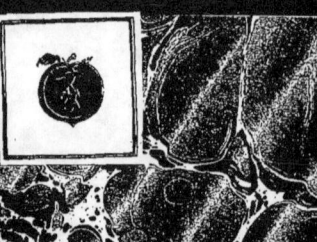

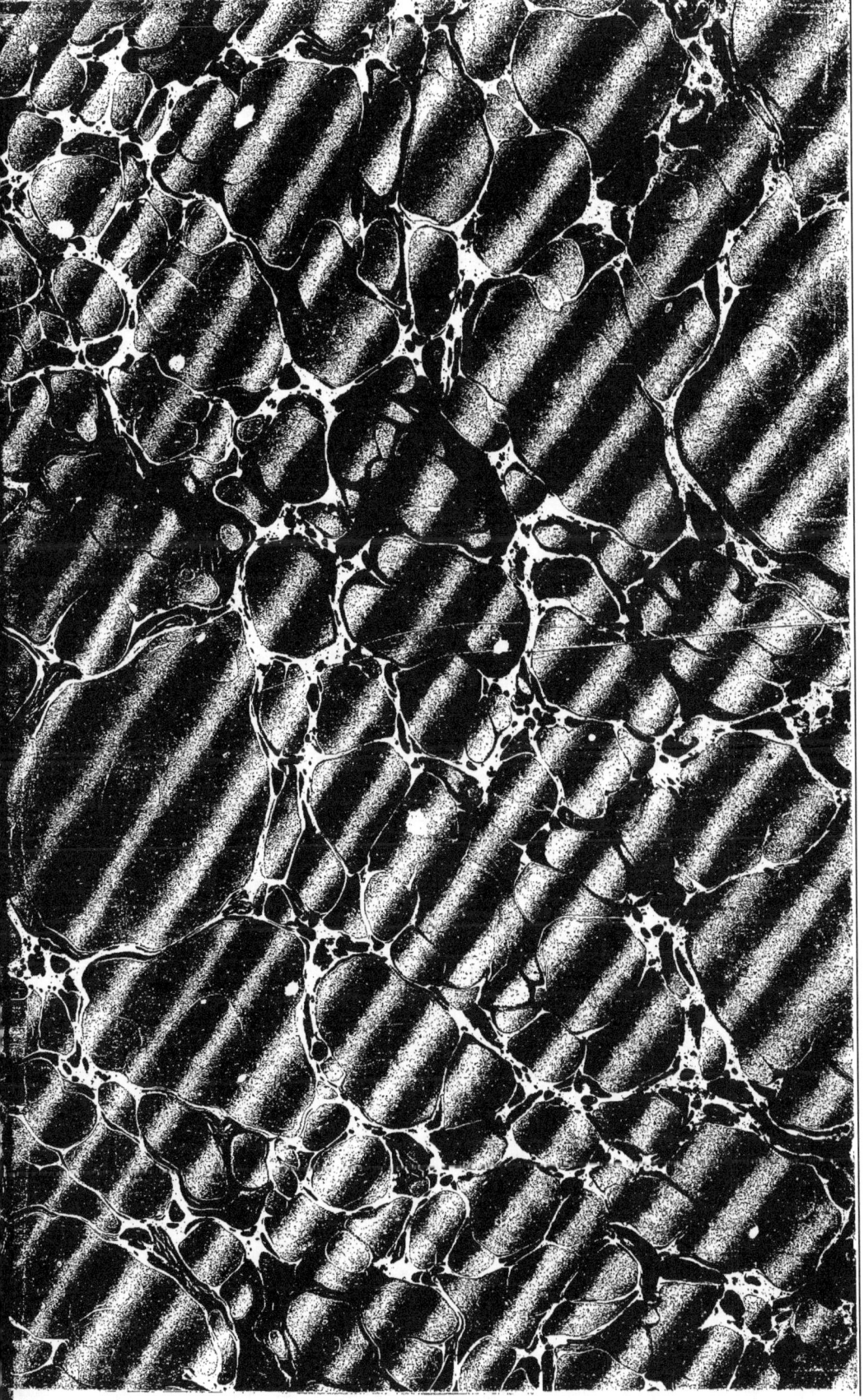

109m

IDÉES

ITALIENNES

SUR

QUELQUES TABLEAUX CÉLÈBRES

MAISON DE LA FORNARINA.

à la Porte Settimiana dans le Trastevere

IDÉES
ITALIENNES

SUR

QUELQUES TABLEAUX CÉLÈBRES

PAR

A. CONSTANTIN

FLORENCE

AU

CABINET SCIENTIFIQUE-LITTÉRAIRE

DE J. P. VIEUSSEUX

1840

TYPOGRAPHIE GALILEIENNE

J'*ai passé six années à Florence, de* 1820 *à* 1826 ; *j'y ai copié sur porcelaine quinze tableaux; jusqu'à cette époque on n'avait pas vu de peintures sur porcelaine d'une aussi grande dimension* (*environ* 36 *pouces sur* 25). *Trois étaient destinés à la Manufacture Royale de Sèvres, les autres ont été achetés par S. M. le Roi de Sardaigne, et se voyent à Turin.*

J'ai passé sept années à Rome, 1829, 1830, 1831, 1834, 1836, 1839 *et* 1840.

La Transfiguration, *l'*Ecole d'Athènes, *la* Madonne de Foligno, *le* Miracle de Bolsène, *et enfin la* Délivrance de S.' Pierre, *de Raphaël, ont été successivement transportés sur porcelaine, et* *si ces copies sont loin d'être immortelles comme les originaux, elles sont du moins éternelles.*

Les embarras étaient grands; les ouvrages de forte dimension ont été envoyés trois fois à Sèvres pour la cuisson; ceux qui n'avaient que 24 pouces ont été cuits dans des fourneaux que je suis parvenu à établir à Rome.

Voici mon excuse pour oser écrire: J'ai regardé la Transfiguration *six fois la semaine pendant un an, et cinq à six heures chaque jour. Sans le vouloir, sans y songer, pour ainsi dire, j'ai fait des remarques, qui à défaut de mérites plus relevés, auxquels je n'ai garde de prétendre, auront peut-être le mérite de la nouveauté pour les personnes qui n'ont pas regardé la* Transfiguration *pendant 1560 heures.*

VENISE, Juin, 1840.

CHAPITRE PREMIER

LA TRANSFIGURATION

Peinte sur bois en 1519 et 1520.

(RAPHAËL mourut en Avril 1520)

Tout le monde connait ce tableau: on a vu l'original, ou du moins des gravures ou des copies plus ou moins infidèles. Mais tandis que dans la galerie du Vatican perché sur mon échafaudage à 10 pieds du sol, je regardais de près cette œuvre immortelle, une chose me frappa: les curieux qui venaient l'admirer se rapelaient à peine le récit qui a guidé Raphaël; en se-

2

cond lieu les curieux *adoraient*, mais jamais ils
ne jugeaient.

Peu de tems avant sa mort, Jésus se retira
sur le mont Thabor pour y prier. S.ᵗ Jean,
S.ᵗ Pierre et S.ᵗ Jacques Majeur suivirent leur
divin Maître. Pendant que les Apôtres étaient
en prières le Christ leur apparut s'élevant vers
le ciel : ses vêtements avaient la blancheur de
la neige : Moyse et le prophète Elie étaient à
ses côtés.

Les Apôtres furent tellement éblouis de la
lumière resplendissante qui l'entourait, que ne
pouvant en supporter l'éclat, il tombèrent à
terre cherchant à s'en garantir ; ce fut alors
qu'ils entendirent de nouveau cette voix venant
du ciel qui trois années auparavant avait éclaté
au moment où Jésus recevait le baptême ; la
voix disait : « Celui-ci est mon Fils bien-aimé
en qui j'ai mis toute mon affection ».

Pendant que Jésus était sur le Thabor, une
famille qui avait oui dire que les malades étaient
guéris dans les lieux où se trouvait ce nouveau
prophète, amena au pied de la montagne, un

jeune homme possédé du démon; la mère du
jeune malade se jete aux genoux des Apôtres et
demande qu'il soit guéri, mais les Apôtres n'ayant
pas assez de foi aux paroles du Christ qui leur
avait accordé le don des miracles refusent
d'exaucer les vœux de cette famille, et disent
au père et à la sœur qu'ils n'y a que leur divin
Maître qui puisse guérir le jeune possédé et qu'il
faut attendre son retour. Les parens mécontents
de ce refus ne cachent point leur colère; le père
du possédé qui soutient son fils semble faire de
violents efforts pour dominer son indignation;
il se dit que s'il la laisse éclater, il irritera les
Apôtres qui ne guériront point son fils. La sœur
du malade intercède auprès du plus jeune des
Apôtres, qui touché de pitié semble lui dire:
si j'avais le pouvoir de le guérir, pourrais-je
vous refuser? Quant au personnage placé derrière le père et qui étend le bras du côté de
la montagne il reproche hautement aux Apôtres
leur refus inhumain.

Sur le devant du tableau la jeune mère
du possédé s'adresse à S.¹ André (l'Apôtre qui

tient un livre) et semble lui dire: Voyez dans quel état se trouve mon fils, comment pouvez vous refuser de le guérir?

La promptitude du mouvement qu'a fait cette femme pour montrer son fils aux Apôtres, a été telle que les vêtements n'ont pas eu le tems de suivre l'impulsion du corps, lui seul a tourné, la ceinture n'ayant pas cédé au mouvement semble être placée de travers, mais l'on voit bien vite que si cette femme reprénait sa première position la ceinture se trouverait placée convenablement.

Raphaël a pensé que dans la situation violente où se trouvait cette mère malheureuse, ses vêtemens devaient présenter quelque desordre.

Telle est la raison logique qui a permis de ménager au spectateur la vue de cette belle épaule dont l'effet comme peinture est si merveilleux; c'est un contraste charmant avec les figures de vieillards et les autres aspects sévères qui occupent toute la gauche du tableau (à la droite du spectateur).

Je ferai remarquer, en passant, que Raphaël
laisse toujours autour de ses figures, l'espace
nécessaire pour expliquer la position dans la
quelle elles se trouvaient au moment qui a pré-
cédé celui où il les a représentées: il a soin de
ne pas remplir le vide qu'elles ont laissé. L'on
se moquerait fort aujourd'hui de pareilles atten-
tions, mais Raphaël plait davantage à chaque fois
qu'on le regarde. Les artistes qui méprisent ces
petites précaution logiques obtiennent ils le même effet ? Je citerai deux exemples pour rendre
ma remarque plus intelligible ; le premier c'est
le jeune Apôtre qui vient de s'incliner vers la
sœur du possédé ; la place qu'il occupait étant
debout, est encore libre: le second exemple est
fourni par le père du possédé.

C'est par des réfléxions profondes et en demandant des conseils aux premiers hommes de
son siècle, au Comte Castiglione, au Cardinal Bem-
bo, au poète Arioste, que Raphaël est parvenu
à donner à ses figures cette spontanéité de mouvements et cette grace vraie et sérieuse qui laisse
une impression si durable dans les cœurs délicats.

Supposez remplies ces places que le jeune Apôtre et le père du possédé viennent de quitter, un petit nombre de spectateurs réfléchis sera choqué; si ces personnages qui s'inclinent actuellement, diront-ils, viennent à se rélever, ils heurtent violemment leurs voisins; et cette remarque étant juste sera bientôt dans toutes les bouches; car les amateurs de *bonnefoi* servent de guides au public.

L'on me permettra de ne pas répeter que la Transfiguration est une belle chose, chacun le sait. Le grand désavantage de ce tableau, mais difficulté inhérente au sujet, et que les adorateurs se feraient un crime d'avouer, c'est que le bas du tableau est à un quart de lieue de la partie supérieure; voilà la grande difficulté à la quelle Raphaël a songé sans cesse et il n'a pû passer outre que par une licence du genre de celle que l'on remarque dans le groupe de Laocoon : il a donné à des personnages qui sont à un quart de lieue, une proportion suffisante pour pouvoir représenter luer physionomie.

Raphaël quoique protégé par son oncle Bramante habile intrigant, ne pouvait se refuser
à de certaines absurdités nécessaires dans le
métier de courtisan. Tout le monde sait que les
deux figures qui sont sur la montagne au côté
droit du tableau représentent S.ᵗ Laurent et
S.ᵗ Julien, les deux Saints patrons de Laurent
et de Julien de Médicis proches parents du Cardinal Jules de Médicis, qui fut le Pape Clément VII.
Le Cardinal Jules avait ordonné ce tableau et
voulut absolument y voir ces deux Saints.

Je ne pense pas que la Transfiguration ait
autant noirci qu'on le croit généralement. En
Italie les ombres sont noires, et Raphaël a représenté les figures du groupe inférieur éclairées
par le soleil ce qui motive la force des ombres;
la teinte dorée qui règne généralement sur tous
les clairs m'a donné l'opinion que je hasarde ici.
Cette teinte dorée est surtout très-sensible dans
la figure de S.ᵗ André, l'Apôtre assis à la droite
du tableau (à gauche du spectateur) dont la
draperie bleue a des clairs presque jaunes. Les
ombres portées étant *tranchées* comme on le

voit dans les objets éclairés par les rayons di-
rects du soleil viennent à l'appui de mon opinion. Du moment que l'on regarde le tableau
avec cette idée, elle devient, pour ainsi dire,
palpable. L'obscurité seule du terrein pourrait
faire objection, mais Raphaël ayant besoin de
vigueur dans cette partie du tableau a eu soin
de supposer un terrein humide. L'eau qu'il a
placée tout-à-fait sur le premier plan à droite,
offre une heureuse variété dans les détails et
motive la vigueur du ton. L'obscurité du terrein
n'est donc point une objection à l'idée que le
groupe des Apôtres et du possédé est éclairé
par le soleil.

Quant aux figures au sommet de la montagne elles sont évidemment éclairées par la
Gloire du Christ.

En éclairant les figures du bas du tableau
par la lumière directe du soleil, Raphaël a eu
l'intention de rendre plus sensible par la différence de ton, la *lumière miraculeuse* qui entoure le
Christ; celle-ci est d'un ton verdâtre un peu phos-
phorique, l'autre au contraire offre un ton doré.

La figure du Christ me parait la seule que le peintre ait eu la précaution de dessiner d'abord nue. Je n'ai pu retrouver dans aucune autre, le trait gravé avec une pointe de fer sur l'enduit ou impression du panneau, comme cela se pratiquait au 16.me siècle pour les peintures à fresque.

Selon moi cette figure du Christ a été prise dans une ancienne fresque qui se trouve à San Miniato près de Florence ; le curieux doit chercher un local orné de peintures, tout près de cette Eglise de *San Miniato* sur la colline au midi de Florence qui forme un si charmant point de vue pour les curieux qui se promènent le long de l'Arno. Ce local sert de remise à des chars et autres instrumens de labourage, on y passe en allant visiter l'Eglise ; lorsque je l'ai vu, il ne restait de cette composition d'un maî-tre inconnu, que le Christ, une partie de la montagne et quelques parties de figures, dont la disposition paraissait à peu près la même que chez Raphaël ; Moyse et Elie ne se trouvent point dans cette fresque, il existe une gravure de ce qui en reste.

On peut blamer les mains du Christ, et désirer des effets de *clair-obscur* plus larges.

Repentirs.

Il y a plusieurs *repentirs ;* d'abord le pied de la Fornarina a été reculé de la moitié de son épaisseur. Le livre et la main droite du S.ᵗ André ont été changés ; j'ai trouvé un autre repentir peu considérable dans la main gauche, et un quatrième dans le pied du même Saint qui a été abaissé de plus d'un pouce. Je vois un repentir dans la draperie au dessus du genou de S.ᵗ André et dans toute la draperie qui suit la jambe ; on voit que la jambe, le pied et la draperie ont été abaissés. Ceci montre le ridicule de ces prétendues esquisses de la Transfiguration que beaucoup de galeries présentent comme étant du grand peintre.

Le Palais de Monte-Cavallo à Rome possède une de ces esquisses. Si le copiste eut mieux regardé le tableau il se fut donné garde de copier les repentirs.

A la vérité les gens qui s'y connaissent un peu n'ont pas besoin de ces preuves *matérielles* pour ainsi dire, il est trop évident que ces malheureux *bozzetti* ne virent jamais Raphaël. Leurs personnages ont l'air si bête !

Le Coloris.

La Transfiguration n'est certainement pas un chef-d'œuvre de couleur, toutefois on voit combien Raphaël avait étudié les coloristes. J'y trouve les mêmes principes que dans les maîtres de l'Ecole Vénitienne, c'est-à-dire, l'ébauche, d'un ton propre a recevoir les glacis, se trouve *chaude* sous les draperies bleues, et *froide* pour les tons qui doivent être chauds lorsqu'ils seront finis.

J'engage à remarquer l'harmonie en quelque sorte individuelle qui règne entre les figures et la douceur du passage d'un ton à un autre, il fallait éviter la dureté, et toutefois que le dessein restat net, ferme et correct. Je prendrai encore pour exemple la figure de

S.ᵗ André ; la draperie *jaune changeant*, se ré-
froidit de ton en approchant de la draperie bleue,
puis se réchauffe près de la draperie rouge du
jeune homme qui est derrière l'Apôtre. Voilà des
faussetés exigées par l'impuissance des moyens
dont l'art dispose. C'est ce qui est surtout bien
sensible dans le terrein : on voit que Raphaël a
mis des tons *chauds* près des chairs et des draperies d'un ton chaud, et des tons *froids* à côté
des draperies d'un ton froid. C'est dans la couleur des brins d'herbes que ce passage s'effectue;
Raphaël a réfroidi ou réchauffé la couleur locale de ces objets peu importans, selon ce qu'ils
devaient avoisiner.

Voyez la jambe du père du possédé, combien le dessein n'est-il pas arrêté et net? Supposez que cette jambe se détache sur un ton
froid elle est dure ; mais elle n'a point ce défaut parcequ'elle ressort sur un ton qui a de
l'analogie avec le ton de la jambe.

L'avantage de ce dessein arrêté (lorsqu'on
a soin d'éviter la dureté par les moyens que je
viens de faire remarquer) c'est, que ces tableaux

destinés à des Eglises et qui doivent être vus de loin, conservent même pour le fidèle qui est près de la porte le dessin particulier de chaque figure ; tout se détache bien et devient intelligible, l'œil du spectateur ne trouve pas la moindre confusion.

De près comme de loin, le tableau reste également intelligible et ne perd rien de sa beauté. Les peintres qui ont employé le *clair-obscur* du Corrège, comme le Dominiquin dans la Communion de S.ᵗ Jérôme (placée vis-à-vis de la Transfiguration), ne craignent pas la confusion des groupes ou des figures, même de loin.

Placé au milieu de la Salle, à une distance égale de ces deux chefs-d'œuvres, comparez-les sous le rapport de la netteté des figures; comparez les deux copies en mosaïque qui sont dans S.ᵗ Pierre à l'extremité des deux nefs latérales.

Quant au défaut inhérent au sujet de la Transfiguration, pour arriver autant qu'il était possible à l'unité d'action, Raphaël a eu recours non seulement au dessein, dans le quel il triomphait, mais encore à la couleur.

Le dessein si l'on y regarde de près, a certaines grandes lignes qui sans affectation conduisent les regards du spectateur jusqu'à la figure du Christ. Une de ces lignes est très-prononcée dans les deux Apôtres qui sont derrière S.ᵗ André, on voit que le peintre non content d'un bras qui indique le Christ a voulu prolonger cette ligne en y ajoutant le bras d'un second Apôtre, dans la même direction que le premier, ce qui serait un défaut dans tout autre sujet; ces bras se joignant forment une longue ligne qui va prendre le contour de la jambe de S.ᵗ Pierre et finit au Christ.

Afin de rendre cette ligne frappante pour *l'instinct de l'œil* Raphaël a peint les draperies qui la forment en tons brillants, tandis que les deux figures placées derrière et qui lui servent de fond, se trouvent maintenues dans un ton fort tranquille. Remarquez qu'il n'y a presque aucun pli dans les vêtements. La partie inférieure de ces deux demi–figures étant dans l'ombre laisse briller la ligne que je cherche à rendre sensible au lecteur. L'in-

stinct de l'œil la suit, mais l'esprit ne la remarque pas.

A gauche du tableau (à la droite du spectateur) une autre ligne moins sensible il est vrai,
commence à l'homme placé au dessus du père
du possédé, suit le contour ou profil de la montagne, l'épaule de S.ᵗ Jean, et arrive également
au Christ.

Ces deux grandes lignes de *rappel* n'ont
pas suffi à Raphaël ; il les à multipliées dans les
détails : voyez au côté droit du tableau combien
les lignes qui se dirigent vers le Christ sont
nombreuses. Le spectateur pourra remarquer
au côté gauche des lignes analogues.

Les figures d'Elie et de Moyse qui sont aux
côtés du Christ et inclinées chacune selon la
direction des lignes perspectives des côtés du
tableau, paraissent en être la suite et la fin,
ensorte que l'on sent d'abord que le Sauveur du
Monde est le point sur le quel toutes les lignes
se dirigent.

Cette observation des lignes adressées à
l'instinct de l'œil, si j'ose ainsi parler, a besoin de

preuves: je citerai deux exemples d'un genre opposé mais pris l'un et l'autre dans les chambres du Vatican si voisines de la Transfiguration. J'appelerai l'attention sur la *Dispute du S.ᵗ Sacrement* et sur l'*Attila*. Dans la Dispute du S.ᵗ Sacrement voyez ces grandes lignes de figures en perspective qui conduisent vos regards sur les sujets principaux, savoir dans le bas du tableau, sur le S.ᵗ Sacrement exposé sur l'autel; dans le milieu, sur le Christ ayant à ses côtés la Vierge et S.ᵗ Jean; enfin dans le haut sur Dieu le Père.

Les lignes symétriques rendent imposante et majestueuse la représentation d'une scène d'ailleurs si décousue. C'est par ces artifices que Raphaël trouvait dans tous les récits des sujets propres à la peinture.

D'une scène tranquille passons à une scène de fureur. Dans l'Attila il s'agissait de représenter le désordre et la confusion qui suivent l'invasion d'une armée de barbares; ici toutes les lignes sont rompues, vous ne trouvez plus cet ordre tranquille qui triomphe dans les autres

tableaux. Par ce seul fait le désordre et la confusion arrivent rapidement à la pensée du
spectateur.

Toutefois il fallait ramener ce spectateur au
Pape qui est placé dans un des côtés du tableau;
eh bien, l'artiste employe les mêmes moyens,
les grandes lignes, mais ici elles sont presqu'à
découvert. Il suffit d'indiquer ces grandes lignes
droites formées par les lances que tiennent les
soldats barbares. Involontairement l'œil suit ces
lignes dirigées vers le Saint Pontife, et l'attention arrive rapidement au principal personnage.

Comme le Pérugin Raphaël a quelques tableaux brillans par la couleur. Le coloris n'était
point la partie forte de son talent, et l'on peut
dire que dans cette partie de l'art il a été longtems l'élève timide du Pérugin. Toutefois dans
la Transfiguration cet homme si sage et qui se
connaissait si bien, s'est adressé même au coloris
pour surmonter la grandeur antiperspective donnée aux personnages qui sont sur la montagne
et l'étrange petitesse de cette prétendue montagne.

4

Il fallait lier autant que possible le bas et
le haut du tableau ; voyez avec quel art le
peintre porte votre regard en trois bonds, jusqu'au Christ, à partir de la draperie jaune
très-claire de S.ᵗ André. Le second point de départ c'est la draperie du jeune Apôtre qui s'incline vers la sœur du démoniaque, et je vois
le troisième dans la draperie de S.ᵗ Pierre qui
est sur la montagne près du Christ. Ces draperies que l'artiste a tenues d'un ton jaune
très-brillant, attirent l'œil, et sont comme trois
marches qui font monter au ciel.

Ces idées qui tiennent en quelque sorte au
matériel de l'art, n'ont point encore reçu droit
de cité dans les conversations des amateurs que
mon lot a été d'écouter pendant tant d'années.

Ici Raphaël a fait preuve de talent si ce
n'est dans la *couleur locale* des objets, du moins
dans l'art raisonné des Titien, et des Paul Véronèse, ces grands hommes avaient recours à ces
artifices pour donner plus d'unité et plus de
force à leurs pensées, car le spectateur n'est ému
qu'après avoir compris.

Non content d'avoir employé ces moyens puissants pour appeler les regards sur le Christ, sujet principal de la composition, voyez de quelle manière simple et naturelle Raphaël dispose du *second moment* de votre attention, et vous ramène au possédé qui fait l'intérêt du bas du tableau. Un Apôtre placé vers le centre indique le démoniaque à un autre Apôtre; ce bras, cette main, qui montrent et qui paraissent sortir du tableau, vous indiquent à vous-même l'objet que vous devez regarder, et conduisent votre œil presque à votre insu; puis pour soulager du sentiment pénible que produisent les yeux renversés et l'expression presque horrible du possédé, Raphaël a placé tout auprès deux belles têtes de femme, celle de la sœur qui implore la pitié du plus jeune des Apôtres, et cette mère si belle et si jeune placée en avant du groupe presque sur la bordure.

Si je me suis permis de parler si longtems de la Transfiguration, c'est que ce tableau étant le dernier ouvrage du maître, on peut y chercher raisonnablement le résultat de son expé-

rience, et de toutes ses études, et en quelque
sorte son dernier mot en peinture.

Beaucoup des remarques que j'ai faites
sur ce tableau peuvent s'appliquer aux autres
œuvres de ce grand artiste, et je ne les répé-
terai point.

Il est bon toutefois si l'on en a le tems,
et je l'ai toujours conseillé à mes amis, de voir
en un même jour, ou du moins de suite, et,
sans demander du plaisir à d'autres produits des
arts, tout ce qui existe à Rome des œuvres de
Raphaël. Pour moi, quand la fresque que je
copiais dégradée par le tems, me laissait dans
l'incertitude sur un bras ou une jambe, avant
d'en arrêter le dessein sur ma plaque de porcelaine, j'allais revoir tous les personnages de
Raphaël à peu près dans la même position.

Plus on entre avant dans la pensée d'un
grand homme, plus il donne de plaisir ; avant
d'aller visiter, pour la seconde fois, les *Chambres de Raphaël*, prenez une gravure au trait et
comptez tous les personnages, examinez leurs
gestes. Faute de cette précaution, il est telle

figure perdue dans la demie teinte, que l'on n'eut jamais regardée.

Tous les tableaux de Raphaël sont peints sur bois comme la Transfiguration, à l'exception du S.ᵗ Jean de Florence.

CHAPITRE SECOND

ECOLE D'ATHÈNES

Fresque du Vatican peinte en 1512.

Chose singulière! Cette peinture si célèbre, l'Ecole d'*Athènes*, offre deux points de vue, un plus bas pour l'architecture, un autre plus élevé pour les figures. Voici donc encore la vérité sacrifiée à la beauté comme chez les Grecs. Si Raphaël eut mis les figures au même point de vue que l'architecture, elles eussent présenté un aspect désagréable : les têtes des personnages placées dans le fond du tableau,

eussent été bien plus abaissées que celles qui
sont plus près du spectateur. On peut juger de
cet effet par les figures des Disciples qui entou-
rent Aristote et Platon.

Le point de vue de l'architecture se trouve
dans la main gauche de Platon (celle qui tient
le livre). Supposez les personnages à peu près
de même grandeur, tirez une ligne au point de
vue (*) à partir de la tête du jeune Alexandre,

(*) *Le point de vue* est un point supposé dans l'horizon toujours à la hauteur de l'œil du spectateur, vers
lequel toutes les lignes des cubes qui ont une de leur
surface parallèle à la base du tableau, se dirigent. Ainsi
dans un palais, la ligne du toit descend à l'horizon, celle
de la base paraît y monter, en sorte que si ce palais
était d'une grandeur infinie, ces lignes se réuniraient
au point de vue. Supposez aussi une route dans une
plaine immense, et, que cette route soit bordée de chaque côté par un mur, vous plaçant au centre, le haut
des murs descendrait à l'horizon, tandis que le bas y
monterait, et ces lignes finiraient par se réunir en un
point à l'horizon, borne de votre vue: c'est ce point là
qu'on nomme *point de vue.*

Il se trouve des cas où il devient accidentel.

qui est la première du groupe à la droite de
Platon, vous verrez à l'instant combien la dernière figure de ce groupe serait petite.

Cette observation s'applique au groupe qui
est à la droite du spectateur.

Pour cacher ce défaut Raphaël a eu soin
de resserrer ces groupes dans le fond affin de
cacher les lignes du pavé qui vont à l'horizon;
sur ces lignes est placée la figure d'Alexandre.
Si l'architecture eut été placée au point de
vue des figures, le peintre n'eut point eu ce
beau développement dans les voûtes. Elles seraient devenues plus étroites et auraient été
bien loin de produire l'effet de majesté dont on
jouit aujourd'hui. Ces observations, permettez
moi de vous le faire remarquer, emportent une
bien grande conséquence: on ne peut plus douter de cette vérité: la production de la *sensation du beau* était pour Raphaël la chose de
première importance: il fallait, avant toutes règles, que l'objet représenté fit plaisir aux yeux.

A la géométrie les contours rigoureusement
exacts, la peinture doit charmer et élever l'âme.

Ici la *fausseté* est si peu sensible que parmi les centaines de spectateurs que j'ai entendu raisonner à perte de vue, pendant que placé sur mon échaufaud je copiais l'Ecole d'Athènes, pas un seul n'a fait la découverte de ces deux perspectives.

Le Poussin lui-même, ce peintre si raisonnable, si philosophe, a quelquefois suivi cet exemple ; j'ai retrouvé cette *fausseté* dans plusieurs de ses tableaux.

Je ne me permettrai pas de louer l'Ecole d'Athènes, que dire aux gens qui restent froids ? Voici des critiques fondées : la figure de Diogène couché sur les marches de l'escalier est, dit-on, trop petite.

On a tant parlé de celle d'Alcibiade que je trouve qu'on à exagéré le mal qu'on en peut dire, le corps me parait être vu trop de face pour les jambes, ce qui force la pose. Dans la peinture du 17.me siècle ces contorsions devinrent un mérite, cela s'appelait *du Feu*.

Je ne quitterai point cette fresque sans dire quelques mots des moyens qu'employait

Raphaël pour arriver à de si étonnans résultats :
on peut lire ces moyens dans les dessins qui
restent de lui. Les dessins ou études relatifs à
l'Ecole d'Athènes sont maintenant en Angleterre;
on les a gravés en fac-simile, ce qui donne à
tous les dilètanti d'Europe le moyen de suivre
la marche du grand maître. Raphaël ne fesait
jamais un pas que d'après la nature ; on trouve
dans le recueil que je viens d'indiquer 1.º l'étude du Diogène; 2.º celle de la figure sur le
devant du tableau qui regarde Pithagore, et
tient un livre appuyé sur son genou gauche;
3.º le groupe des jeunes gens qui étudient la
géométrie sous la direction d'Archimède.

Pour le Diogène on voit seulement que le
mouvement des jambes a été plusieurs fois changé avant d'arriver à celui que nous voyons. Par
bonheur les faux mouvements n'ont point été
effacés.

Ceci a peu d'intérêt, mais ce qui en offre
d'avantage c'est le groupe des jeunes gens. On
reconnait dans ce dessin que Raphaël a fait
poser les jeunes hommes ses contemporains, et

que souvent il leur a laissé le costume qu'ils
portaient (probablement il fit poser ses élèves).
Il a cherché les mouvements des personnages
de son tableau d'après ces jeunes gens, et il
les dessinait *tel qu'il les voyait* avec leurs longs
cheveux, leurs tuniques ou blouses, etc. : Raphaël aurait eu horreur d'inventer lorsqu'il
étudiait la nature, elle devait servir de *base
certaine à tous ses raisonnemens,* et il dessinait
ses modèles exactement tels qu'ils étaient. Quelques uns ont retroussé les manches de leur
blouses, d'autres non ; Raphaël a dessiné jusqu'aux pantalons et jusqu'aux chaussures du
16.me siècle, indiquant par un contour seulement,
ce qui ne devait pas être peint ; le reste est
profondement étudié. Chose étonnante, sans rien
changer à ces costumes, il a fait de ces jeunes
gens des figures de *haut style.* Son âme agran-
dissait tout. Quelquefois pour conserver le souvenir d'une idée, il ajoute à telle figure une
écharpe, à telle autre de riches brodequins ;
quelquefois il fait les jambes nues. J'ai vérifié
que c'est un homme du peuple qui a posé pour

l'étude du personnage qui tient un livre ; le peintre lui a laissé le manteau qu'il portait, la manche est celle de son vêtement ou justaucorps.
Raphaël a même indiqué les souliers à boucles
qu'il portait, ses bas, et jusqu'à la caisse qu'il
lui avait fait placer sous le pied qui est élevé.
Cette étude faite le peintre a cherché une tête
dont le type eut le caractère convenable.

Il a idéalisé cette tête, ou du moins il lui
a donné l'expression que le modèle ne peut ni
sentir, ni poser ; puis il a agrandi le manteau
qu'il a enrichi d'une riche bordure, ainsi que
le vêtement à manches ; les pieds sont nus, et
c'est avec des moyens si simples, sans manne-
quin, mais toujours d'après ou sur la nature
animée, que Raphaël a produit une des princi-
pales figures de l'Ecole d'Athènes, c'est-à-dire
tout ce qu'il y a de plus grandiose dans l'art
moderne. Autre avantage, l'élève qui posait sen-
tait l'art. Je suppose que Raphaël a suivi la
même façon de procéder dans ses autres ouvrages. Il me parait hors de doute que c'est
d'après ces études partielles et de petite dimen-

sion qu'il composait ses cartons destinés à être
calqués sur le mur enduit fraichement. Ainsi
ont été produites les fresques ; et quelquefois
sans doute l'élève qui avait posé, peignait.

Je demande la permission de parler d'une
figure de cette collection de dessins anglais
bien qu'elle n'ait point servi pour l'Ecole d'Athènes. Elle a été employée pour la femme à genoux, vue de dos dans l'Héliodore, fresque des
Camere: le modèle parait une femme du peuple (peut-être la *Fornarina*), et Raphaël l'a
copié dans son costume habituel; la robe est
retroussée, et forme la draperie bleue dont une
partie est étendue à terre; le jupon de dessous
qui est rose, couvre la jambe qui vient en avant.
Le fichu qui entoure la tête, celui qui est sur
les épaules, et jusqu'aux souliers, tout a été
dessiné avec une *scrupuleuse* exactitude.

Que de soins en 1515, pour faire un tableau! mais aussi nous parlons de ces tableaux
après trois siècles qui ont tellement changé le
monde. Le curieux trouve sur la même feuille
de papier les dessins qui montrent comment

Raphaël a cherché la coiffure adoptée dans la fresque.

D'abord il agrandit certains plis et en diminue d'autres ; il n'est point satisfait il dessine cette tête une troisième fois ; il cherche de nouveau à tirer parti des plis tels que les présente la nature ; il ajoute des bandelettes et s'arrête au parti que nous voyons : le fichu ou petit châle a aussi été agrandi, il en a développé le mouvement et a donné de la grâce à l'ensemble en ajoutant le morceau qui parait voltiger.

Quant à la partie de la robe qui rase le sol, la fresque reproduit exactement la forme notée dans le dessein ; seulement, comme ce vêtement n'eut pas occupé tout l'espace que le peintre lui destinait, il l'a dessiné plus en grand. La robe de dessous n'a éprouvé aucun changement. Les manches sont celles que nous voyons encore chez les paysannes des environs de Rome. Raphaël y a ajouté des bandelettes comme il avait fait pour la coiffure. Par ces divers procédés il a cherché et trouvé une figure admirable. Tout le talent de Raphaël se trouve dans

les lignes précédents. La Galerie de Florence
possède une étude de lui représentant cette figure coloriée. Si Raphaël n'a pas peint toutes
les figures il a fait du moins tous les cartons.
On m'assure qu'il existe des dessins de quelques
unes des figures de la Dispute du S.ᵗ Sacrement
et que ces figures sont dessinées sans vêtemens.

Il est probable qu'en 1508, lorsque la Dispute du S.ᵗ Sacrement fut peinte, Raphaël arrivant timide à Rome, protegé par un admirable
intrigant, il est vrai, mais en butte à l'envie
de cinq ou six peintres de grand renom employa avec scrupule tous les moyens qui pouvaient le conduire à bien faire. Il aura dessiné toutes les figures nues pour être sûr de
ses proportions. Plus tard cette âme modeste,
encouragée par le succès aurait travaillé plus
vîte, et le jeune peintre aura dessiné moins
souvent les figures nues. On trouve, comme on
sait, dans le coin gauche de l'Ecole d'Athènes
le portrait de Raphaël et celui du Pérugin
son maître. Les traits de Raphaël expriment
cette noblesse venant de simplicité et de naturel

qui fait une des plus belles parties de son génie.
De toutes façons il est fort différent des grands
hommes du 19.me siècle : l'affectation lui semblait, ce quelle est, une bassesse. Il n'était point
beau et laissait en repos les muscles de sa figure. Le Musée de Brera à Milan possède ce
magnifique carton de l'Ecole d'Athènes que la
victoire nous a fait voir à Paris. Chose singulière ! le triomphe de Raphaël est plutôt la
peinture des caractères que celle des passions ;
comme les Grecs, il a rarement représenté le
point extrème des passions.

Ces notes étaient écrites depuis longtems
lorsque les peintures à fresque des chambres du
Vatican ont été nétoyées par ordre de ce noble
protecteur des arts, S. S. le Pape Grégoire XVI
(en Juillet 1839). On n'avait pas touché, dit-
on, à ces fresques vénérables depuis la restauration si grossière et si dure, exécutée par
Carlo Maratta en 1702.

L'artiste célèbre qui en 1839 a présidé
avec tant de soins à cette opération délicate
m'assure que dans l'Ecole d'Athènes la tête du

Pérugin qui est maintenant de trois quarts, a
d'abord été dessinée de profil ; le trait gravé
avec une pointe de fer sur l'enduit du maçon
se voit encore quand on regarde de fort près.

M.ʳ Agricola a remarqué que tous les détails de l'architecture et plusieurs draperies sont
terminés à l'*acquarelle ;* que les masses seulement sont peintes à *bon fresque,* ce qui explique les grandes altérations que l'on déplore
dans ce tableau. La fresque seule dure fort bien
quatre ou cinq siècles. Voir les portraits de la
Cour de la Préfecture de Police à Paris, qui
ont supporté deux siècles et demi d'humidité.

Les murs des chambres du Vatican sont
profondément altérés, mais qui oserait entreprendre de transporter sur toile une fresque de Raphaël ? Le corps du Christ dans la *Dispute du
S.ᵗ Sacrement* se détache du mur, à ce qu'on
assure.

MIRACLE DE BOLSÈNE

Fresque.

Ce que l'on ne peut trop admirer c'est l'adresse avec la quelle Raphaël a sauvé la différence de largeur qui existe entre les parties de mur qui sont aux deux côtés de la fenêtre.

La fenêtre n'est point au milieu de la chambre ; dans le côté plus étendu Raphaël a placé les porteurs du Pape et les Cardinaux de sa suite. Ces figures ne sont pas très-nombreuses, et on les voit assez éloignées les unes des autres ; cette partie était la plus étendue. Au contraire dans le petit côté, à gauche du spectateur, il a entassé une foule de personnages et l'espace semble au moins aussi grand qu'à droite. Supposez une seule figure dans la petite moitié et plusieurs dans l'autre, à l'instant vous verrez combien la différence est sensible.

J'ai remarqué trois jours différents dans cette fresque ; la femme assise à terre, qui tient son enfant, est éclairée de la droite à la gauche du spectateur. La femme qui est debout un peu plus loin ainsi que tout le peuple sont éclairés de gauche à droite jusqu'au prêtre qui officie; le Pape et les Cardinaux sont éclairés de droite à gauche, tandis que les figures des porteurs paraissent illuminées de haut en bas et presque d'à plomb.

Ces différentes lumières sont si peu sensibles que je n'ai vu personne en faire l'observation et les artistes auxquels j'en ai parlé ont montré de la surprise.

Il faut convenir que dans l'intérieur d'une Eglise les jours viennent de toutes parts, car les fenêtres sont placées dans presque toutes les directions et souvent éclairent dans des sens opposés des groupes fort rapprochés. Peut-être Raphaël n'eut il pas osé manquer à l'unité de jour dans un tableau dont la scène se fut passée en plein air.

Les deux figures d'hommes qui sont au fond
et élevées, indiquant l'autel sont peut-être trop
grandes pour la place éloignée qu'elles occupent, mais ce défaut, s'il existe, ne choque
point.

Dans une description nouvelle et même ac-
creditée parmi les voyageurs, le jeune homme
à gauche est désigné hardiment comme un beau
vieillard. Que de voyageurs décrivent les ouvrages d'art avec enthousiasme, mais combien peu
les ont regardés ! Sur cent écrivains de Voyages
cinq ou six, peut-être, sentent les arts; parmi
les français je ne vois que le Président de
Brosses (1739).

LA DÉLIVRANCE DE SAINT PIERRE

Fresque des Chambres du Vatican.

———

Cette fresque si belle est placée de la façon la plus malheureuse, au dessus et autour
d'une fenêtre, et encore cette fenêtre ne se
trouve pas au milieu de l'espace accordé à la
peinture ; toutefois elle est beaucoup plus ra-
prochée du centre que la fenêtre de la Messe
de Bolsène ; la différence entre les deux côtés,
n'est que de trois à quatre pouces ; tandis
qu'elle arrive au moins à un pied dans le tableau du Miracle de Bolsène.

La composition offre trois groupes de quatre figures chaque.

Le pilier de la prison du côté gauche de
la peinture est plus étroit que celui de droite,
c'est aussi le petit côté du tableau.

Au moyen de cette précaution Raphaël a obtenu autant de place pour le groupe de l'Ange qui conduit St Pierre par la main, que si la fenêtre eut occupé exactement le centre de l'espace. Pour obvier à cette inégalité l'artiste a tenu son point de vue un peu plus à droite du tableau, ce qui fait que l'élévation du pilastre qui est en avant cache un peu la partie du pilier qui est derrière, et semble motiver cette inexactitude. Du reste ces deux piliers sont dans l'ombre et le défaut n'est point apparent.

Les marches de l'escalier ne correspondent point entre elles d'un côté à l'autre, Raphaël les a ou élevées ou abaissées selon le besoin qu'il en avait pour le mouvement de ses figures ; la première marche du côté droit, n'est point parallèle à la base même du tableau, tandis que celle de gauche y est parallèle. Les jours que laissent entr'eux les barreaux de la prison, ne sont pas égaux, l'artiste a modifié l'espace selon le besoin qu'il en avait pour ne pas cacher quelques parties intéressantes des figures.

Une observation que j'ai faite dans toutes
les fresques du Vatican, c'est que lors qu'il y
a un vide dans le mur, et, que ce vide occa-
sionné par une porte ou une fenêtre entre dans
l'espace destiné à être peint, Raphaël a placé
au dessus un corps solide, presque toujours em-
prunté à l'architecture. Ainsi dans l'Ecole d'Athènes, on voit le piedestal d'une colonne tronquée
au dessus du vide de la porte; dans la Dispute
du S.ᵗ Sacrement au dessus de la porte on
trouve un mur sur lequel un personnage est
appuyé; au dessus des deux fenêtres de la justification de S.ᵗ Léon, et du Miracle de Bolsène le
peintre a placé un autel. Dans le couronnement
de Charles Magne, la tribune des choristes se
trouve au dessus du vide de la porte; dans le
Parnasse, enfin, sujet de paysage, l'artiste,
n'ayant pu introduire de l'architecture au dessus de la fenêtre, y a peint des rochers formant comme une voute.

Je reviens à la Délivrance de S.ᵗ Pierre.
Le faire de cette fresque est large, le groupe
de l'Ange qui conduit S.ᵗ Pierre par la main est

de la plus haute expression. Cette partie du tableau rapelle la Vision d'Ezéchiel.

La couleur donnée aux chairs de l'Ange offre encore un sacrifice de la vérité au *Beau idéal*, mais je parlerai de cette singularité à propos de la Vision d'Ezéchiel.

Les Anges de Raphaël ne sont point de jeunes hommes, à quinze ans les hommes n'offrent aux arts que des formes ingrates. Les Anges de Raphaël se raprochent des formes d'une jeune fille de vingt ans.

La largeur des hanches ainsi que les contours de la poitrine sont remarquables en ce sens, tandis que les jambes et les bras semblent se raprocher davantage des formes masculines. Raphaël a-t-il eu la pensée de ne point assigner de sexe à un être d'une nature si élevée? Ou plutôt a-t-il voulu faire un ensemble, un tout de ce qui constitue la beauté dans l'homme et dans la femme?

On voit au dessus de la porte d'entrée, à la frise de la salle de Constantin (la première des chambres du Vatican) des figures nues et

7

fort colorées, qui soutiennent des bandelettes chargées d'inscriptions, le haut de ces figures appartient au sexe féminin et la partie inférieure évidemment à un jeune homme.

Ces figures d'une couleur de brique fort désagréable, furent peintes par les élèves de Raphaël; comme tous les copistes ils auront outré les idées du maître dont ils ne voyaient pas le pourquoi.

Je ne pense pas que Raphaël nous eut montré des figures de ce genre, *nues*, l'effet de l'altération des formes n'est pas à beaucoup près aussi heureux que dans les figures habillées.

Au tombeau des Stuards à S.ᵗ Pierre, Canova a placé deux génies avec des formes féminines, et les écrivains de Paris disent des horreurs de ce charmant tombeau. Voyez les tombeaux élevés à Paris depuis 30 ans, quoi de plus laid? Paris a un malheur affreux: souvent le pauvre artiste français est obligé de peindre un miracle et il ne croit pas au miracle, et le ministre qui le nomme ne croit pas au miracle, et le public qui doit donner un

rang à son œuvre jure bien qu'il croit au miracle, mais, il n'en est rien.

Quand aurons-nous des artistes croyans
comme Fra Bartolommeo, Michel-Ange, ou Fra
Angelico da Fiesole ?

LA VISION D'EZÉCHIEL

Peinte sur bois.

———

Ce tableau si petit est peut-être dans l'œuvre de Raphaël ce qu'il y a de plus élevé, ce qui semble tenir le moins à la matière, c'est à mes yeux de la sculpture antique.

La tête du Père Eternel rappelle le Jupiter Mansuetus du Vatican. La physionomie du Jupiter annonce la justice, la force et toutes les qualités *utiles* il y a 2000 ans ; c'est là le *beau idéal antique*. Le *beau moderne* doit annoncer moins de force, mais plus d'esprit, et de facilité à être touché ; comparez la tête du Persée de Canova à celle de l'Apollon, la tête de la Vénus de Milo à la tête de la célèbre Vénus de Fogelberg.

Voici des observations de détail :

La jambe droite du Père Eternel est beaucoup plus courte que celle qui porte sur
l'aigle.

Remarquons toutefois que si cette jambe
avait la longueur demandée par la correction,
elle arriverait à la hauteur des animaux posés
sur les nuages, et formerait ainsi avec eux,
une ligne transversale qui couperait le tableau
d'une façon *désagréable*.

Raphaël, comme les Grecs, reculait devant
le *laid*, et pour obvier à l'inconvenient, que je
viens d'indiquer, il sera arrivé jusqu'à ce point
de faire plus courte la jambe droite de sa
figure.

Ceci n'est-il pas une preuve évidente que
le goût (l'amour du beau) est ce qui a toujours
dirigé ce grand maître ? il a laissé l'exactitude
géométrique aux pauvres modernes. Il a osé
sacrifier au beau jusqu'à la vérité, mais il a
sauvé cette hardiesse par tant de précautions,
qu'elle reste invisible au spectateur qui passe ;
il faut copier ses tableaux pour s'en aper-
cevoir.

Il me semble que toute la partie de la figure du Père Eternel qui se détache sur la vive
lumière de la *Gloire,* est plus colorée que la
jambe qui se détache sur les animaux emblêmes
du génie des Evangelistes. Ne pourrait on pas
croire que Raphaël imitant en cela ces statues
grecques qu'il aima avec tant de passion, a
voulu faire voir qu'un Dieu se couvrant d'une
forme humaine, doit rester toujours d'une *nature plus élevée* que la *forme* qu'il a daigné
prendre pour se rendre sensible à nos organes
grossiers?

Remarquez l'effet de couleur que produit
votre main si vous la placez entre votre œil
et le soleil, ou devant une bougie, et vous vous
rendrez raison du ton coloré de la figure du
Père Eternel. Je trouve un effet semblable dans
la fresque de la Délivrance de S.ᵗ Pierre (chambres du Vatican). L'Ange qui se détache sur la
lumière de sa propre gloire, est d'un ton bien
plus rouge, que les autres figures. Ceci ne
peut-être une erreur, elle serait deux fois re-
pétée, puisque nous voyons cet Ange deux fois

dans le tableau : d'abord dans l'intérieur de la
prison fesant tomber les liens de S.ᵗ Pierre, et
une seconde fois hors de la prison, conduisant
par la main l'Apôtre étonné. Ces deux Anges sont
bien plus colorés que les autres figures du tableau.

Cette remarque sur la force de coloris
donnés aux êtres surnaturels, trouve sa preuve
dans la fresque de Constantin, apercevant la
croix lumineuse (première salle du Vatican). Les
Anges qui portent la croix et se détachent sur
la lumière resplendissante de cette croix, sont
infiniment plus rouges que le reste de la peinture. C'était peut-être une tradition conservée
par les élèves de Raphaël. Exagérant comme
tous les copistes, qui ne regardent pas la nature, mais bien une imitation de la nature, il
semble qu'ils ont outré le rouge dans ces figures, afin d'être plus sûrs qu'ils suivaient bien
leur maître.

De là le ridicule du Vasari et de tous les
autres imitateurs du *beau idéal* de Michel-Ange
qui consistait *à exagérer le renflement des muscles
dans leur contraction.*

C'était beaucoup en 1508 au milieu d'une génération de peintres timides par excellence, que d'oser songer à créer un *beau idéal;* on n'admire pas assez Michel-Ange.

CHAPITRE TROISIÈME

———⟫⟪———

La Vierge de Foligno

*Tableau peint sur bois à l'huile, et transporté sur toile
par un artiste de Paris.*

———

Ce tableau me parait le plus parfait des
ouvrages de Raphaël, il réunit tout : l'artiste
s'élève à la hauteur des plus grands coloristes
et ne perd rien de la pureté de ses contours,
ni de la force d'expression, ni de la vérité naïve et sublime qui font son apanage particulier.

Si l'on compare cet ouvrage à la Transfiguration, celle ci parait en quelque sorte un
peu trop finie, un peu terminée *à outrance* (si
j'ose parler ainsi).

8

Il semble que Raphaël a voulu dans la Transfiguration, répondre à toutes les critiques et pousser la peinture, *le rendu* au dernier point ; tandis que dans Notre Madonne il semble qu'il n'ait écouté que le desir de plaire à son âme. Le pinceau s'est arrêté au point juste où le spectateur ne prend pas encore une part sympathique à la fatigue du peintre; aussi donnerais-je la préférence à ce dernier ouvrage.

Je ne vois à blâmer que l'épaule de S.ᵗ Jean vers le deltoïde, mais le haut du bras a été restauré et probablement gâté.

La peau d'agneau qui sert de vêtement, donne lieu à une remarque plus curieuse : la plus grande partie sans doute repeinte, est sèche et a l'air de bronze ; tandis qu'un petit morceau placé sur la poitrine est moëlleux, doux et d'un faire infiniment supérieur.

Si l'on prend le contour des figures sans le fond, on est surpris malgré la symétrie apparente qui règne dans le tableau, de voir combien l'Ange qui tient la tablette est plus rapproché du groupe du Donataire et de S.ᵗ Jérôme, que du groupe de S.' Jean et de S.' François. Cette différence eut produit un effet désagréable, aussi voyez avec quel soin Raphaël cherche à faire disparaitre cet inconvénient sans rien changer toute fois à une composition si simple, et par là si touchante.

L'espace plus considérable qui se trouve entre l'Ange et le groupe de S.' Jean est rempli par une grande quantité d'objets : ce sont des fabriques les unes éclairées par un rayon de soleil, les autres dans l'ombre ; des moutons, des paysans les uns à cheval d'autres travaillant à la terre, des Moines etc. Tous ces objets si adroitement placés et si bien éclairés remplissent le vide, et l'Ange parait occuper le milieu des deux groupes.

Remarquons que presque tous les tableaux placés dans les Eglises sont entourés d'une architecture toujours symétrique, ce qui oblige à présenter le moins possible des espaces inégaux.

La Vierge de Foligno confirme ce qui a été dit à propos du coloris de la Transfiguration ; voyez le terrein, il est froid de ton auprès de la draperie grise du S.ᵗ François, il se réchauffe en approchant des chairs de l'Ange, et devient presque rouge à côté de la draperie rouge du Donataire.

Voyez comme les têtes qui se détachent sur le ciel, sont entourées d'une teinte chaude, afin qu'elles ne s'enlèvent pas *durement,* sur un ciel bleu.

Beaucoup d'artistes pensent que le bleu a été enlevé dans certaines parties de ce tableau, et font, dans leurs copies, le ciel du même bleu partout ; c'est alors que la dureté des tons apparait aux yeux sensibles, et l'on comprend que c'est avec intention que ces teintes chaudes ont été placées par Raphaël.

Je le sens, mes observations perdront les trois quarts de leur petit mérite, à n'être pas lues devant les tableaux.

La Vierge a la Chaise.

—

On dit que Raphaël a pris cette composition à Fra Bartolommeo della Porta, ce qui
n'aurait rien d'étonnant. Raphaël comme Molière
a pris partout où il a trouvé *du vrai;* il parait qu'au 16.me siècle, l'opinion ne voyait rien
d'extraordinaire dans ce procédé. Fallait–il s'é-
carter de la nature, et inventer un nouveau
geste faux ou moins vrai, parceque déjà un
autre tableau s'était emparé du véritable, et
l'avait donné au public? Les statues des Grecs
ne sont elles pas toujours dans la même position? Vénus cherche à cacher ses appas etc. etc.

Raphaël a voulu faire une Vierge avec une
physionomie de simple mortelle, et par là bien
différente de la plupart de celles qu'il a creés.

Ordinairement chez lui ce sont des êtres divins placés entre Dieu et l'homme. Celle ci regarde le spectateur : les autres ne regardent rien et même louchent un peu. La Madonne à la Chaise est un peu coquette ; du moins elle veut deviner ce qu'on pense d'elle.

Elle est vêtue avec bien plus de recherche que les autres ; elle a songé à sa parure ; son regard si beau est plus mortel que divin. Encore une fois, elle *regarde*, elle daigne accorder son attention à quelque chose au monde; les autres Madonnes quoique les yeux ouverts ne regardent pas ; elles pensent, ou elles aiment.

La main gauche de la Vierge entreroit dans le corps de l'enfant Jésus, mais qui s'aperçoit de ce défaut ?

Les enfans ont des mines peu nobles. Vous souvient–il de cet Enfant divin envoyé par Lawrence à l'exposition de 1826?

Telle devrait être la physionomie d'un Dieu de trois ans.

Madonna di Casa Tempi

Maintenant à Münich.

———

Cette Vierge est encore prise à Fra Bartolommeo; le tableau de ce maître se voit à Florence dans la galerie du Marquis Bartolommei. Raphaël a copié cette figure en la regardant au miroir; chez le Frate le fond est sans paysage: Raphaël a donné un vêtement à l'enfant, puis il a tout ennobli de sa main divine. Le Frate fort dévot, ôte aux femmes tout ce qui peut rappeller l'amour, même de loin; c'est ce qu'il rend sensible surtout dans les contours de la lèvre supérieure.

J'ajouterai que les mains de la Madonne me semblent un peu fortes; c'est encore un reste de l'Ecole du Pérugin que Raphaël *ne dépouilla jamais entièrement,* voir les mains d'Angelo Doni et de sa femme (portraits de la galerie Pitti).

Le Pérugin est enclin à faire des figures timides, c'est–à–dire glacées par la crainte de l'enfer, et sentant leur néant en présence de la Divinité.

Les personnages mâles des fresques encore si brillantes de la Sacristie de Sienne ouvrage du Pinturicchio, autre élève du Pérugin, semblent souvent pouvoir appartenir à la garde d'un Serrail.

Raphaël agé de 16 ans aidait le Pinturicchio, et les aimables habitans de Sienne prétendent qu'il a tout fait (*).

(*) Leur prétention est fondée sur un dessin de Raphaël portant le Num.° 5, donc disent–ils, Raphaël avait fait les quatre premiers; logique d'antiquaire. Raphaël dessinait peut–être la fresque du cinquième compartiment. On dirait ces fresques peintes d'hier. Cette Sacristie a encore les trois graces antiques si singulières là, et un charmant tombeau de Tenerani. Etudiez les dessins du pavé de l'Eglise, et diverses fresques par la ville. Ecole gaie.

PORTRAIT DE LÉON X.

———

Je ne puis voir ici d'autre défaut que le manque de perspective de la table : elle tomberait
sur le spectateur ; tout le reste est de la plus
haute beauté. Ce portrait est un chef-d'œuvre
de dessin et de coloris.

Raphaël a sû rendre admirablement le haut
rang des personnages, sans les faire *poser* comme Vandyck. Celui-ci peignait des vanités *du
Nord* d'ordinaire un peu chargées dans leurs
gestes, et cherchant des attitudes propres à rappeller leur rang aux personnes présentes. Raphaël ayant à rendre l'habitude des respects
universels, a osé conserver le naturel.

Chez ce Pape, fils d'un grand Prince et
Cardinal a 14 ans, l'habitude de l'obéissance

et du respect chez les autres ôte les gestes :
à quoi bon des gestes ? voilà ce que ne com-
prennent pas nos pauvres acteurs tragiques.

Napoléon dit un jour à ce peintre qui avait
tant d'esprit (M. Gérard) : « Dès qu'un homme
« voit qu'il sert de but aux regards d'une mul-
« titude, il ne doit plus faire de gestes ».

Vierge de François I.er

à Paris.

——

On pourrait faire un livre des perfections
de ce grand ouvrage, et je ne trouve à blâmer
que la teinte noire qui recouvre les Anges placés dans le lieu le plus éloigné du spectateur.
Faut-il attribuer ce défaut au tems qui oxide
les couleurs? Je croirais qu'oui. Le noir aura
sans doute poussé, toutefois comme le reste du
tableau ne se ressent pas de ce défaut, le doute
est admissible. Comme le vulgaire adore les
grands hommes *morts,* et ne les juge pas, je
croirais que le tableau a noirci, et que l'emploi de la couleur noire ayant été plus général
en cette partie, l'imperfection y est devenue
plus sensible.

Le plus beau Raphaël qui soit à Paris a un pied de haut : Marie, sa mère, et l'enfant Jésus au milieu d'un paysage avec une maison qui a *noirci* au centre de la composition.

Quelle différence pour le goût qui règne en France si Henri IV ou Louis XIV avaient senti les arts comme François I.ᵉʳ ! Louis XIV au lieu de son triste Le Brun eut pû employer le Guerchin mort en 1666. L'Ecole Française aurait un peu de cette force qui ravit dans les peintres Espagnols fils du Guerchin.

Au lieu de l'affectation de noblesse la France eut connu la grace véritable celle de la Madelaine allant au tombeau de Jésus, Guerchin du Vatican.

LA FORNARINA

à Florence.

———

Est-il bien certain que ce portrait soit celui de la maîtresse de Raphaël ? Est-il bien certain que ce soit un ouvrage de ce grand maître ? Il est digne de lui.

Dans la galerie du Duc de Modène, je vis en 1823 un portrait de la même femme, seulement elle est plus jeune. Le portrait de Modène est du Giorgion, ce grand peintre mourut d'amour à 33 ans.

Les manches de la chemise sont de la même forme que dans le tableau de Florence, seulement elles sont abaissées, les boucles d'oreilles sont les mêmes. Du reste la peinture moins belle, moins empâtée est moins modelée que dans le tableau de la Tribune à Florence.

Le coloris de ce portrait est bien celui du
Giorgion, on dit même qu'il a passé longtems
pour être de lui ; la forme de la main ne me
parait pas dans le caractère de dessin de Raphaël.

Je remarque un grand écartement entre
l'index et le doigt du milieu, qui n'est pas dans
la nature; ôtez ce défaut, la main perd de son
énergie, qui correspond si bien à l'expression
forte de la tête.

Mais supposons pour un instant, que le tableau soit de Raphaël, est-ce-là le portrait de
la Fornarina? Je n'en crois rien; cette tête ne
ressemble point à la Fornarina du palais Barberini, ni à la copie *du XVI.e siècle,* que l'on
trouve au palais Borghèse.

Consultez aussi les fresques que l'on voyait
en 1835 au Casino de Raphaël dans la Villa
Borghèse.

Ces dernières, si précieuses pour l'histoire
de l'art, offrent les types de plusieurs têtes que
l'on rencontre dans divers tableaux du maître,
par exemple le type d'une des femmes de la
S.te Cécile maintenant à Bologne.

Il était aimable aux élèves de Raphaël de peindre les femmes de la connaissance de leur maître à son Casin de campagne.

On remarque dans la Galerie Pitti (dans une salle du fond) un portrait que je crois celui de la Fornarina ; il me paraît de la main de Raphaël ; la draperie a été refaite par un autre peintre, mais dessous cette draperie blanche on voit qu'il en existait une rouge. Probablement celle-ci laissait la poitrine plus à découvert, et ce malheureux tableau sera tombé dans des mains scrupuleuses qui l'auront traité comme un sot nommé De Noyers, Ministre du pauvre roi Louis XIII, traita jadis la Léda du Corrège. Le De Noyers était concierge de Fontainebleau. De nos jours encore (1816) cette Léda arrangée par Prudhon a disparu du Musée de Paris, a-t-elle été anéantie par le zèle ou simplement volée ? (*).

(*) On me dit qu'elle est à Berlin. Un coin du tableau, les deux Nymphes jouant avec des Cygnes, a été divinement gravé par Porporati.

Le graveur Morghen savait vendre, il a
gravé le portrait de Florence et lui a donné
fièrement le nom de la *Fornarina*, mais n'a-t-il
pas gravé le portrait d'un Altoviti comme étant
celui de Raphaël lui-même?

Le beau portrait d'Altoviti est maintenant
à Münich ; le Roi de ce pays aime vraiment
les arts.

Les histoires de Florence parlent de la
beauté de ce M. Altoviti qui a la mine d'un fat.

Quant au portrait de Raphaël lui-même, on
peut dire que sa physionomie est le contraire
de la fatuité française, ou de la sensiblerie des
Allemands qui dans leurs copies et gravures en
font un Werther *bonace*. Il n'était point beau ;
voir l'Ecole d'Athènes, et surtout le portrait de
l'Académie de S.ᵗ Luc à Rome ; rien n'annonce
le génie dans cette physionomie.

LE S.ᵗ JEAN DE LA TRIBUNE

à Florence.

———

Cet ouvrage me parait venir à l'appui de ce que j'ai dit à l'article de la Transfiguration. Je ne pense pas qu'il ait autant noirci qu'on le suppose généralement ; vous savez qu'il fut dessiné d'après le corps d'un jeune nègre fort beau. Dans le S.ᵗ Jean comme dans la Transfiguration nous voyons une grande force dans les ombres ; les lumières aussi sont dorées.

Si la partie inférieure de la Transfiguration est éclairée par le soleil, le S.ᵗ Jean est éclairé par la splendeur de la croix.

Comme la figure est dans une grotte les ombres sont très-vigoureuses, les clairs dorés, les ombres portées franches ; la main qui approche de la lumière est plus rouge que le reste du tableau.

Voilà deux tableaux de Raphaël d'un ton très-vigoureux si on les compare à ses autres ouvrages, ils ont sans doute un peu poussé au noir; mais la vigueur que l'on y remarque, et qui comme je l'ai dit, ne se trouve dans aucun des tableaux de ce maître vûs par moi, parait prouver que Raphaël a eu l'intention de les peindre ainsi.

C'est cette variété et cette philosophie qui contribuent à faire de Raphaël le premier des peintres; jamais tant de bon sens ne se trouva réuni à une sensibilité si profonde. Je sais qu'on peut m'opposer le tableau dit *la perle* qui est tout-à-fait noir maintenant, mais est-il certain que cet ouvrage soit de Raphaël? je le croirais plutôt de Jules Romain, dont l'âme ne sentit jamais la grace. En revanche Jules l'emporte sur son maître dès qu'il s'agit de peindre des soldats. Il eut du peindre quatre ou cinq per-personnages de la Dispute du S.ᵗ Sacrement, mais en 1508 Jules Romain n'était qu'un enfant.

Les tyrans de Raphaël, comme ceux de Metastase, ne sont pas assez cruels; ils n'ôtent pas toute espérance aux malheureux admis en leur présence; voir le Maxence qui se noie.

La Vierge au Poisson

de Raphaël.

Actuellement à Madrid.

———

Quand ce tableau se trouvait à Paris chez M. Bonnemaison, je l'ai longtems étudié. C'est sans contredit une de plus belles têtes de Vierge de Raphaël, et pourtant cette admirable tête louche un peu, les prunelles ne regardent pas au même point, ce qui donne l'aspect d'une forte concentration d'idées. La joue du petit côté est plus rouge que l'autre. Encore une fois ôtez une de ces choses qui feraient frémir un moderne, cherchez à rectifier ce que l'on croirait une erreur, cette tête perd à l'instant une grande partie de sa beauté; j'en fis l'essai en la copiant, mes copies corrigées rentraient dans le caractère

des belles têtes ordinaires, et n'avaient plus
rien de cet aspect sublime qui à l'instant chasse
de l'âme du spectateur toute pensée vulgaire.

Ce tableau est un nouvel exemple de ce
que j'appelle les sacrifices au *goût* (à l'amour
du beau).

La draperie bleue de la Vierge au Poisson
est pleine de repentirs qui paraissent faits avec
chaleur comme dans un moment d'impatience;
ces parties ne sont point soignées comme le
reste du tableau.

Le profil si beau de l'Ange qui soutient le
jeune Tobie a sans doute donné beaucoup de
peine à Raphaël, on voit une telle quantité de
contours différents que tous ensemble ils attei-
gnent à la largeur d'un demi-pouce; le dernier
celui qui est resté et dessine le profil, est un
trait noir et même sec, on dirait que Raphaël
satisfait d'avoir enfin trouvé ce contour si difficile, a craint s'il cherchait à l'adoucir de perdre l'expression que desirait son âme.

Le rideau vert du fond est beaucoup moins
terminé que les autres draperies qui sans-

doute sont de Jules Romain, ce qui me ferait supposer que ce rideau, ainsi que les repentirs de la draperie bleue sont de Raphaël lui-même.

LA VISITATION

(Ce tableau qui est aussi en Espagne a été restauré à Paris).

———

Je n'ai vu d'autre imperfection que la longueur de la main droite de la Vierge, mais
c'est encore ici une faute *faite avec intention.*
Si cette main eut été dans la proportion vou-
lue, les doigts eussent été cachés par la main
de Ste Elisabeth, ce qui eut ôté beaucoup à
la grâce ; et peut-être Raphaël eut été forcé de
changer quelque chose à une composition, que
probablement il préferait à toute autre façon
de rendre le même sujet.

Le baptême du Christ dans le fond, bien
que la Vierge soit enceinte, est une de ces
libertés que l'opinion publique du 16.me siècle
ne condamnait en aucune façon. De nos jours

ceci ferait jeter de beaux cris à la critique. Nos peintres qu'un enthousiasme féroce ne rend pas insensibles à tout excepté à leur *sentiment intérieur* tremblent toujours quand ils prennent le pinceau : il y a tant de règles à respecter ! Raphaël fait exprés une main trop longue, il veut se plaire.

« Le raisonner tristement s'accredite ».

Les exigences de la raison sont devenues plus sévères. Le défaut de cette main n'est pas bien difficile à trouver, mais d'un autre côté on est devenu fort indulgent pour la forme. Un peintre peut faire un bras, une jambe, comme il lui plaît, de fantaisie pour ainsi dire.

L'esprit du spectateur vole à l'idée comme *il ferait pour une Caricature*, et s'inquiète peu d'un muscle mis hors de sa place.

Mais aussi voyez ce que deviennent les tableaux qui brillaient il y a 10 ans ! Rappelez vous la vente de Girodet que les Journaux mettaient sur la ligne de Raphaël.

LE SPASIMO DE SICILE

(à Madrid).

———

Ce tableau à peuprès de la grandeur de la Transfiguration fut peint sur bois, il tomba dans la mer en allant de Rome en Sicile. A Paris on l'a transporté sur toile, puis on a collé cette toile sur un parquet en bois.

Je commençais à le copier lorsque je fus arrêté par une maladie. Il a été très bien gravé par M.ʳ Toschi de Parme.

Le style du Spasimo me parait tenir le milieu entre celui de la *Descente de Croix* de la Galerie Borghèse, et le style de la Transfiguration.

Les têtes sont d'une belle expression, celle du Christ est pleine de douleur et de

11

résignation. Toutefois il répand de grosses
larmes.

On cherche vainement le deltoïde d'un
bras armé d'une lance, et qui va frapper le
divin Sauveur.

Madonne du Sac d'André del Sarto

(1488–1530).

(*Peinte à Florence en* 1525).

—

Je ne parle de cette fresque célèbre que parceque je l'ai copiée. Elle se voit dans le cloître de la *Santissima Annunziata* au dessus de la petite porte qui communique avec l'Eglise.

Pendant la fuite en Egypte, dans un moment de repos, S.ᵗ Joseph est occupé à lire les Saintes Ecritures. Il arrive à un passage d'un Prophète qui annonce clairement la passion du Christ. L'Enfant se retourne avec vivacité, et semble dire : C'est moi qui dois accomplir ces choses. Joseph suspend sa lecture; ce que l'artiste a très-bien exprimé par le mouvement de la main gauche.

Marie réfléchit tristement aux douleurs qui attendent ce Fils si tendrement aimé.

Cette peinture est une des belles de ce maître, cependant je préfère celles qu'il fit dans un âge moins avancé lesquelles sont traitées il est vrai, avec moins de *bravura* (force et facilité), j'y trouve plus de cette simplicité et de cette naïveté qui touchent. Sous le portique qui sert de Vestibule à la *SS.ª Annunziata* on peut voir ces fresques que je préfère.

On a trouvé dans les archives du Couvent les contrats faits avec le peintre, il ne lui fut alloué que 15 écus d'or (l'écu d'or valant un écu 76 centièmes, 15 écus équivalaient à fr. 141, 25), pour chacune des fresques du Vestibule, il est vrai d'ajouter qu'on lui fournissait les couleurs.

La tradition veut que le peintre n'ait reçu qu'un sac de blé pour prix de la sublime fresque du cloître, et comme souvenir de cette lésinerie, il introduisit le sac dans le tableau; c'est celui sur lequel S.ᵗ Joseph s'appuye.

Il y a de la manière (de l'affectation) dans les draperies de la *Madonne du Sac*, les plis sont trop cassés, c'est un défaut qu'on retrouve dans presque tous les ouvrages d'André del Sarto faits depuis son retour de France; François I.er l'avait appellé ainsi que Léonard da Vinci.

On dit encore que la tête de la Vierge est le portrait de la femme d'André, fort méchante et qu'il aimait à la folie; on retrouve son portrait dans beaucoup de ses tableaux.

Cette femme avait le front avancé et comme divisé en deux par une ligne verticale. Est ce là la bosse de la méchanceté féminine ?

VÉNUS DU TITIEN

A la Tribune à Florence.

—

Le Comte Cicognara de Venise me dit un
jour, que ce tableau était le portrait de la
maîtresse d'un Duc d'Urbin, laquelle dans la
suite se fit épouser.

A cette époque les nobles Vénitiens avaient
l'usage de faire peindre leurs maîtresses dans le
simple costume d'Eve.

Ce tableau fut longtems caché ; puis lorsqu'on le crut oublié, il reparut, sous le nom
de la Vénus du Titien. Une chose me parait
venir à l'appui de cette histoire : le portrait
de cette jolie femme a été peint de nouveau,
quand elle était grande Dame et plus âgée, et
le Titien a placé sur une table, le même petit

chien qui se trouve sur le lit de la Vénus. A
Naples on voit des portraits à mi-corps de la
même jolie femme.

Un autre portrait en demi-figure, fait pendant à celui de son mari le Duc, représenté
avec une cuirasse, et on les voit tous les deux
dans la salle de l'Ecole Vénitienne à la Galerie
de Florence.

Pour faire paraitre les chairs de la Vénus
si douces et si moëlleuses, le peintre a eu soin
de les entourer d'objets *chargés de détails*. Le
drap du lit sur lequel repose la Vénus n'a point
la fraicheur de la toile récemment dépliée, on
le trouve au contraire tout chargé de *petits*
plis un peu secs ; le matelas rouge est couvert
de *petites* fleurs noires et jaunes ; le rideau
vert, qui est derrière le lit, a de gros plis durs,
le fond offre un parquet en marbres de différentes couleurs, et enfin les cloisons sont couvertes d'arabesques.

Ainsi de tous les côtés les *petits* détails
sont multipliés, et par ce moyen brillent les
chairs qui seules sont unies ; elles paraissent

ainsi plus terminées qu'elles ne le sont en effet.

Ces grands maîtres savaient bien que si l'on mettait à imiter la nature morte, le même tems que l'on employe à imiter la nature vivante, l'on approcherait infiniment plus de la perfection pour la première ; et ainsi la nature vivante paraitrait moins terminée.

J'ai copié ce tableau avant qu'il ne fut nétoyé.

Le Mariage de S.te Catherine

Du Corrège.

Tableau du Musée de Paris.

———

Je parle de ce chef-d'œuvre, parceque je l'ai copié. Le Corrège parait avoir voulu multiplier les raccourcis en ce tableau, malheureusement la plupart sont d'un dessin bien faible, et ne sont pas agréables à l'œil.

La S.te Catherine est pleine de graces, le ton du tableau beau et limpide comme le Corrège savait faire : vous savez que dans ce genre il est inimitable.

Voici encore un exemple de cet usage dont j'ai parlé à propos du baptême du Christ dans la Visitation. Les maîtres pour mieux expliquer leur sujet représentent dans le même tableau, deux circonstances de la même histoire. Ici Ste Catherine parait sur le premier plan recevant l'anneau nuptial de Jésus enfant ; St Sébastien est auprès d'elle, suivant de l'œil la main du Christ ; tandis que dans le fond on voit leurs martyres.

La gravure ne saurait rendre les œuvres du Corrège, et ce sublime génie est peu compris en France ainsi que le Schidone et le Parmigianino. Au nord des Alpes le raisonnement fait oublier la *sensation* que donne un bel ouvrage dans les premières secondes où on le voit.

Rien au monde n'approche de la Madonne du Corrège à la Bibliothèque de Parme. Que de puissance d'amour dans ces yeux ! ce n'est pas *la pensée profonde* qu'ils expriment. Tout ce qu'on peut dire des Madonnes de Raphaël par rapport à l'amour c'est que peut-être elles pensent à un absent trop aimé.

La Vierge dite a la Chemise

Du Corrège.

Actuellement au Musée Britannique à Londres.

———

C'est un petit diamant plein de graces, d'un dessin bien plus pur que le Mariage de S.ᵗᵉ Catherine et d'un ton admirable, il y a un peu de restauration surtout dans la main gauche de l'enfant Jésus.

La Vierge du Corrège à Naples a les mains trop grosses ainsi que les pieds. Apparemment ce grand homme n'a pas tenu à corriger un petit tableau sans conséquence à ses yeux. Les lettres de Voltaire et de Montesquieu fourmillent de fautes d'ortographe. La Galerie de Naples et toutes les autres fourmillent aussi de faux Corrèges. Mais Naples a deux grandes copies de ce grand homme faites par les Carraches et un carton sublime (la Madonne la tête appuyée sur le front de son Fils).

La Madonne dite du Grand-Duc

Par Raphaël.

———

Il fallait toute la profondeur de physionomie que Raphaël sait donner à ses personnages
pour relever une composition aussi simple. Cette
Madonne est représentée debout tenant son
Fils ; la tête est vue de face ainsi que le corps,
mais la divinité que l'artiste a sû mettre dans
cette grande simplicité en a fait un chef-d'œuvre. Ce tableau est de la seconde manière de
Raphaël ; à cette époque les mains de ses personnages se ressentaient encore de l'Ecole du
Pérugin, aussi celles-ci laissent-elles à désirer.

Le coloris est faible comme dans tous les
tableaux de la jeunesse du maître. Je rappor-

terais la *Madonne du Grand-Duc* à l'époque où il travaillait avec Fra Bartolommeo.

La copie que j'ai faite de ce tableau est de même grandeur que l'original.

GALERIE DU VATICAN

LE CHRIST DU CORRÈGE.

Ce tableau a été acheté par S. S. le Pape régnant Grégoire XVI, protecteur si éclairé des beaux arts, il faisait partie de la Galerie Marescalchi à Bologne.

Les ouvrages du Corrège sont resplendissans de lumière, et personne n'a pû l'égaler en ce genre. Voyez les à la tombée du jour.

Ce Christ rappelle les grandes qualités du maître, sans pouvoir toute-fois passer pour un chef-d'œuvre ; la tête du Christ est pleine de mansuétude, mais le caractère manque un peu de grandeur. Quant aux Anges ils sont d'une transparence de ton admirable ; l'artiste a eu la pensée de représenter Jésus assis sur l'Iris ce qui explique les tons surnaturels que présentent plusieurs de ces charmantes petites figures. Il y a beaucoup de repentirs dans les bras et les mains du Christ.

A dire vrai les têtes seules des Anges me semblent dignes du peintre de S.ᵗ Jérôme et de la Madonne *alla Scodella,* et c'est à Parme seulement, que l'on peut juger le Corrège, la gravure le trahit.

Cette copie sur porcelaine, ainsi qu'une Thétis de ma composition se voyent à Genève dans la Galerie de M.ʳ Bernard Saint–Ours, ce généreux citoyen a le soin patriotique de faire une collection des ouvrages des peintres de Genève. On ne saurait assez louer le noble emploi qu'il sait faire d'une belle fortune.

Henri IV.

Bien que le titre de mon petit livre ne m'autorise pas trop à parler d'autres tableaux que de ceux que j'ai copiés en Italie, je ne puis m'empêcher de dire un mot de l'entrée de Henri IV dans Paris de Gérard. J'ai eu l'avantage unique dans ma vie, de copier ce chef-d'œuvre sous la direction immédiate du célèbre auteur qui m'honora de son amitié.

Ce tableau est digne en tous points, de l'immense réputation dont a joui ce grand peintre ; et y a sans doute contribué.

Après avoir fait la Psyché, chef-d'œuvre dans le genre de la peinture grecque et l'une des plus belles productions des temps modèrnes, Gérard a demandé à son génie tout ce qu'il y a de plus opposé en peinture ; c'est-à-dire la

13

bataille d'Austerlitz, et l'entrée d'Henri IV. Bientôt les pendantifs de Ste Geneviève seront découverts, et couronneront la gloire de ce grand maître. François Gérard était né à Rome.

Un des heureux hasard de ma carrière m'ayant fait vivre presque dans l'intimité des artistes les plus remarquables du siècle de Napoléon, je travaille depuis 20 ans à une histoire des arts en France et en Italie de 1800 à 1840.

CHAPITRE QUATRIÈME

———

RAPHAËL.

———

Vous savez que le 20 Avril 1483, Raphaël
nacquit au centre des belles montagnes de l'Ap-
penin, dans la petite ville d'Urbin, embellie par
un Prince qui aimait les arts. Son père, peintre
médiocre mais raisonnable, après lui avoir montré quelque peu de dessein, l'envoya à Pérouse
où régnait Pierre Pérugin, peintre célèbre, timide par excellence. La plupart de ses figures
d'hommes ont l'air malheureux de coupables
attendant leur jugement (tel le S.ᵗ Louis au
Vatican).

En 1504, Raphaël alla voir Florence et les fameux cartons de Michel–Ange et de Léonard da Vinci ; Fra Bartolommeo lui montra le clair-obscur ; il étudia les fresques de Masaccio.

La mort de son père le rappella dans sa patrie. En 1508, le Bramante, alors tout puissant auprès du Pape Jules II le fit venir à Rome. La *Dispute du S.' Sacrement*, son premier ouvrage au Vatican, lui valut la faveur de ce grand homme. Sous Léon X il fut question de Raphaël pour le Cardinalat ; enfin il mourut à Rome le Vendredi Saint (Avril) 1520, à l'âge de 37 ans. Le portrait de la Fornarina sa maîtresse se voit au palais Barberini ; les dames du Nord la trouvent laide.

C'est à Nicolas V ce Pape homme d'esprit, que l'on doit cette partie du Vatican où la foule des étrangers court admirer la Dispute du S.' Sacrement et les autres fresques de Raphaël. Alexandre VI fit orner de peintures le premier étage. A l'exemple d'Alexandre VI, Jules II dont le caractère rappelle Napoléon, voulut orner de fresques le second étage de son palais. Il

employait les artistes que l'admiration de son
siècle lui avait nommés : Pierre Pérugin, Bra-
mantino, Bartolomméo della Gatta, Pietro della
Francesca, Luca Signorelli de Cortone, et Razzi,
lorsque le Bramante lui parla d'un jeune parent à lui qui venait de faire merveille, à Siènne,
où il avait travaillé aux fresques de la Sacristïe
des trois graces. Jules II consentit à ce que le
jeune homme vint à Rome, c'était vers le commencement de 1508. Raphaël fit la Dispute du
S.ᵗ Sacrement. Le sujet était des plus ingrats.
C'est une sorte d'assemblée de tous les hommes
qui ont écrit sur la réligion ; Raphaël fit un
chef-d'œuvre de grace et de sériéux.

En le voyant l'impétueux Jules II voulut
qu'à l'instant des maçons détruississent à coups
de marteau toutes les fresques des autres peintres. Que de haines déchainées contre le jeune
artiste ! Peu-à-peu toutefois la douceur et la
modestie de son caractère désarmèrent ses ennemis. Il vivait solitaire avec son amie la Fornarina, on le voyait peu dans le monde, il allait rarement même aux pique-niques d'artistes,

dont Benvenuto Cellini nous a laissé une description si brillante.

Alors on vit à Rome, la lutte du jeune et
tendre Racine contre le sublime Corneille ;
Michel-Ange et Raphaël divisaient les artistes
en deux partis, les chefs s'estimaient mais ne
se voyaient guères. Michel-Ange était irrité.
Ainsi alla le monde pittoresque de 1508 époque
de l'arrivée de Raphaël à 1520 époque de sa
mort. Le vieux courtisan Bramante intriguait
pour son neveu afin de se venger de Michel-
Ange qui l'avait plaisanté (*).

(*) Voir dans le *Cénacle* de Léonard de Vinci, volume in-folio de Joseph Bossi de Milan, le dialogue du
Bramante et de S.ᵗ Pierre à la porte du Paradis. Voir
surtout la Vie de Michel-Ange présentée à ce grand homme par Condivi un de ses élèves, édit. de Florence 1810.
A l'énergie du style près, c'est la Vie de Michel-Ange
écrite par lui-même.

CHAPITRE CINQUIÈME

OUVRAGES DE RAPHAËL

Existans à Rome.

Après avoir vu le Colysée ou S.ᵗ Pierre, suivant qu'il aime le sublime ancien ou l'art moderne, l'étranger doit se faire indiquer la *Farnesina* Casin du Roi de Naples ; au plafond, il trouvera les fresques de Psyché par Raphaël.

La vue étant un peu accoutumée aux fresques, on peut monter aux *Loges* (Cour de S.ᵗ Damas au Vatican). C'est un portique au second étage du palais, formé par une suite de pilastres ; entre les pilastres sont de petites coupoles au nombre de treize ; elles ont été peintes à fresque par Raphaël et ses élèves ; chaque voûte présente quatre tableaux.

Le Roi Murat a fermé avec des vitres les espaces qui sont entre les pilastres.

Ces 52 fresques d'assez petite dimension, représentent une suite de sujets tirés de l'Ecriture depuis la Création jusqu'à l'institution de la sainte Cène par Jésus Christ.

Bramante avait élevé ce portique et il fut orné de peintures sous le Pontificat de Léon X, ce grand Prince mort si jeune et trop tôt pour les arts ; s'il eut vécu âge de Pape l'Ecole Romaine eut vu doubler le nombre de ses chefs-d'œuvres.

Raphaël a peint la première fresque au dessus de la porte. Les trois autres fresques de cette première loge, ainsi que les huit de la seconde et de la troisième, sont de Jules Romain.

La quatrième et la cinquième sont de Jean François Penni (il Fattore).

La sixième est de Pellegrino Munari de Modène.

La septième est encore de Jules Romain.

La huitième est de Perrin del Vaga.

La neuvième est de Raffaellino da Colle.

La sixième et la onzième sont de Perrin del Vaga.

La douzième est de Pellegrino *da Modena.*

Je n'ai pas pû trouver le nom de l'artiste qui a peint d'un coloris si vigoureux la treizième.

On dirait que la Cène est d'un élève de l'Ecole Lombarde, tant la lumière est distribuée avec une science profonde.

Toutes ces fresques ont été exécutées d'après des cartons de Raphaël et sous sa direction.

La première au dessus de la porte d'entrée, la seule qui soit tout entière de sa main, nous montre le Père Eternel débrouillant le caho. Ce tableau devait servir de modèle aux élèves ; malheureusement c'est un de ceux qui ont le plus souffert ; les pluies pénétraient librement dans le portique du troisième étage, et quelles pluies! Nous n'en avons pas d'idée au nord des Alpes.

Les peintres *Restaurateurs* se sont barbarement exercés sur cette première fresque ; le pied droit surtout a beaucoup souffert, mais la main droite et les cheveux ont échappé à leur fureur. Les cheveux surtout sont admirables.

Le pied gauche est bien loin du corps, on peut répondre que ce corps divin se soutient par lui même, et que les nuages ne sont là que pour rassurer l'œil du spectateur.

Reste l'ancienne objection que la vivacité de l'admiration pour Raphaël, rappelle ici, aux âmes délicates, elle n'apparait point au vulgaire qui ne serait plus le vulgaire s'il savait s'étonner.

Comment peut on donner pour signe sensible à la toute puissance *un vieillard* c'est à dire un homme en décadence ? Ceci menerait trop loin.

Les petits Anges placés dans des losanges autour des quatre tableaux de cette première coupole, suffiraient à la réputation d'un peintre dont il ne resterait que ce seul ouvrage, tant ils ont de sainteté, d'innocence et de graces.

La *restauration* n'a que peu gâté le tableau N.º 2 à gauche peint par Jules Romain,
dont les pédans actuels comme nous allons le
voir, blament si vivement la draperie en O,
qui à leurs yeux est *rococo*. Otez l'*O*, la figure
tombe et devient d'une effroyable lourdeur ;
mais ces gens là ne voyent pas ces choses.

Les manches du vêtement et les draperies
n'ont pas la hardiesse du N.º 1 ; c'est un élève
qui soigne.

Dans le tableau N.º 4 à droite, belle expression de bonté du Père Eternel fesant sortir
de terre les animaux. Les côtés des pilastres
formant cette loge sont ornés de petits bas-
reliefs représentants les élèves de Raphaël travaillant aux loges, les uns peignent, d'autres
dessinent ; on retrouve jusqu'au maçon qui applique l'enduit de chaux sur lequel il faut peindre rapidement chaque jour, tandis qu'il est
frais (d'où vient le nom italien *fresco* et le français *fresque*).

Ces élèves n'ont pas même dédaigné le
manœuvre qui broye les couleurs.

Entre les piliers 2, 3 et 4 l'œil trop curieux trouve de petits bas-reliefs (ou stucs) trop expressifs et qu'il ne faut pas regarder ; les convenances ont fait des pas de géant depuis cinquante ans.

Seconde coupole.

Tableau N.° 8. Création de la femme. Le Père Eternel est pris à Paolo Uccello qui peignit avec des jus d'herbes dans le cloître de Santa Maria Novella à Florence.

Dans l'Eve chassée du Paradis je trouve le buste trop long ; ce groupe est de Masaccio au *Carmine* à Florence. A cette époque de guerres et de tueries continuelles la force passait pour le premier des avantages et tous les personnages des loges jouissent de cet avantage. Depuis trois siècles toute l'Italie était en feu.

La *troisième coupole* n'est pas à la hauteur des autres.

Quatrième coupole.

Les trois Anges arrivant chez Abraham, chef-d'œuvre d'élégance et de l'art de grouper.

Admirable statue de la femme de Loth ; Consternation du père et des filles qui s'éloignent rapidement ; grosses têtes et grosses jambes des filles de Loth.

Cinquième coupole.

Isaac aveugle.

Sixième coupole.

Eliézer et Rebecca. C'est, ce me semble, le chef-d'œuvre des loges : soif chez les moutons qui boivent ; perfection de la beauté virile chez Eliézer ; naïveté et possibilité d'émotions tendres chez les deux jeunes filles : grace de leur pose. Paysage superbe. Vis-à-vis, la famille de Jacob marchant en caravane dans un paysage qui a le seul défaut de n'être pas le désert. L'homme sur un mulet du premier plan prêterait au ridicule de nos jours, mais le spectateur ravi par le groupe sublime d'une femme avec ses enfans assise sur un chameau, aime la simplicité de l'homme sur son mulet. On voit bien ici les peintres du 16.ᵐᵉ siècle aimant le naturel, et se moquant du ridicule: un homme d'une taille épaisse voyageant à cheval a nécessairement les épaules arrondies : Jolies teintes dans les enfans à droite ; grace des poses à étudier dans les divines têtes de femmes à droite.

Septième coupole.

Figures qui écoutent l'explication des songes donnée par Joseph ; ces nuances *légères* d'émotion sont le triomphe de Raphaël.

Dans le tableau voisin profonde attention du Roi peureux écoutant les explications du même Joseph.

Huitième coupole.

Chef-d'œuvre de naïveté, on ne saurait trop admirer ces charmantes filles qui trouvent Moyse sur les eaux. Lointain du fleuve ; ceci est à comparer à l'Eliézer. La peinture ne peut aller plus loin. C'est à mettre à côté de la Madonne de la Bibliothèque de Parme par le Corrège.

Neuvième coupole.

Majesté de Moyse recevant les tables de la loi.

Les *dixième* et *onzième coupole* me semblent inférieures.

Douzième coupole.

La reine de Saba, tableau vigoureux.

Treizième coupole.

Rare et charmante beauté de la Vierge de l'Adoration des Mages au dessus de la porte de la galerie; homme à cheval près de l'entrée de l'étable. Cette Madonne si jolie tient le pied de l'enfant que le Mage à cheveux blancs approche de ses lèvres. Vigueur du baptême de Jésus. S.ᵗ Jean se pose un peu pour faire effet comme une statue du Bernin, ou d'un moderne. Chairs rouges; grande vigueur des deux têtes d'Anges.

Quant au tableau de la Cène j'avoue qu'il m'étonne; rien de semblable dans toute l'œuvre

de Raphaël. Belle distribution de lumière que
l'on dirait empruntée à l'Ecole de Léonard de
Vinci et du Corrège. Ces grands hommes avaient
enseigné en Lombardie la magie du clair-obscur;
je ne l'ai jamais vu jusqu'ici dans l'Ecole Romaine.

Revoir l'Eliézer et le Moyse sauvé des eaux;
méditer profondement sur ces tableaux, en
acheter la gravure. Cette grace est différente
de celle des *Keapsakes* anglais ; mais les Keapsakes donnent l'idée de la *supériorité du rang,*
et ils ont raison; c'est le seul genre de grace
auquel puisse arriver l'intelligence de la plupart des femmes riches.

Je continuerai à mal parler : Raphaël a
un grand malheur, celui d'être admiré de certaines gens.

Ce qu'il y a peut-être de plus triste dans
les arts c'est d'arriver à Rome avec les idées
de Paris.

Parmi les âmes séches qui se sont mises
à étudier les arts, pour le malheur de ceux-ci,
il s'est formée une secte qui à la vue du moindre ornement gracieux, crie au *rococo,* et pour

le malheur de Raphaël il est honoré de la pro-
tection de ces Messieurs. Comme je prenais les
notes précédentes aux *Loges*, j'ai été distrait de
mon admiration tendre pour un grand homme,
par les assertions bruyantes de certains jeunes
savans qui remplissent Rome de leurs ridicules.
Forts sur les dates des tableaux et sur celles de
la naissance et de la mort de chaque peintre ou
de chaque Mecène, leur parle-t-on d'une chose
qui doit être sentie par l'âme, ils répondent par
une date. Ceci est un ridicule propre au 19.me siècle, ambitieux qui veut dire son mot sur tout.

Ces Messieurs par malheur français, riaient
avec des yeux sérieux et blâmaient en chœur
la draperie en O (se sont là leurs termes) qui
entoure le buste du Père Eternel dans le second tableau de la première coupole, œuvre
de Jules Romain. Le Père Eternel dit à la mer:
Tu n'iras pas plus loin, et du doigt il marque
le rivage. Quel genre *Pompadour,* s'écriaient
ces français, quel *rococo !*

Dans ma tendresse pour Raphaël je trouvais l'air méchant et pédant à ces jeunes sa-

15

vans, ils ne sont pas faits pour comprendre
que sans *cette draperie en O* cette figure du Père
Eternel paraitrait horriblement lourde, on la
verrait tomber et non pas changer de place dans
le profondeur de l'air portée par sa seule volonté.
Le mouvement de cette draperie qui n'a pas eu
encore le tems d'obéir aux lois de la pesanteur
donne aux gens qui ont des yeux, l'idée du
mouvement de cet Être qui peut tout.

A la longue dans les arts, le public ne répète et n'adopte que les jugemens des gens qui
sentent profondément. Les décisions des savans
secs d'il y a trente ans, deffrayent d'anecdotes
plaisantes les petites dissertations des Académi-
ciens d'aujourd'hui; ne démandez à ceux-ci que
des dates, et pensez à autre chose quand ils veulent expliquer pourquoi et comment Raphaël ravit
les cœurs. Pour me désennuyer quant ils parlent,
j'étudie sur leurs figures la forme de la pédanterie.

L'aimable Tenerani vient de placer dans
S.ᵗ Pierre (Novembre 1839) une statue de S.ᵗ Alphonse de Ligori qui l'emporte de bien loin
sur toutes les statues de Saints qui remplissent

ce Temple. Un homme de goût et de grand
sens, voulait lui donner la place de quelqu'un
des magots gigantesques qui occupent le rang
d'en bas des niches, un subalterne sans–doute
fort savant n'a pas voulu. Si je parle de ce
S.ᵗ Alphonse de Ligori placé depuis deux mois
seulement, c'est qu'il embarrasse fort les connaisseurs partis de Paris ou de Berlin, avant
que les Académies se fussent arrêtés à une
opinion sur cette figure colossale. Les connaisseurs n'osent en parler avec leur ton tran-
chant de peur de se compromettre. Le talent
de Tenerani les embarrasse, il ne sont pas fait
pour sentir que si S.ᵗ Alphonse de Ligori parait
maigre. c'est que les plats imitateurs du Bernin
ont fait de l'intérieur de S.ᵗ Pierre une collection
de *rococo*. L'Apollon du Belvedere y paraitrait
maigre. Il faudrait ôter toutes les colombes en
marbre blanc le long des piliers en marbre
rouge ; ainsi que tous ces médaillons des Saints
Pontifes dont la plupart sont vûs de face et si
peu ressemblans, et terminer par un arc ou demi
cercle toutes les fenêtres de S.ᵗ Pierre.

A propos de Statues, il faut se figurer que
tout était peint parmi les anciens, les façades
des temples et les statues. On donnait une couleur bien décidée : rouge vif ou bleu de ciel
par exemple à tous les *membres* de l'architecture, à tous les petits détails ; les anciens aimaient
ce qui est gai : un temple de la plaine de Rome
entouré de son bois de chênes ou de platanes
(bois sacré) apparaissait de loin comme un
bouquet de fleurs.

Il ne faut pas se figurer qu'on peignait les
ombres des corniches, médaillons, etc., le relief
donnait l'ombre ; et chaque chose avait une
couleur *locale*.

Le zèle du 16.ᵐᵉ siècle a lavé la plupart
des statues avec de l'eau forte, et les couleurs
ont été enlevées ; toutefois en cherchant bien
on trouve encore des vestiges de couleur dans
les plis profonds.

Une Minerve dans le style de l'Ecole d'Egi-
ne, du Musée de Naples, a encore la broderie
du bas de sa robe peinte en rouge. On vient
de trouver sur la route du Pyrée à Athènes

(2 lieues) des tombeaux et des bas-reliefs avec leurs couleurs très fraîches. Tous les ans à Rome, des magistrats nommés *ad hoc* donnaient une belle couleur rouge vif à la statue de Jupiter Capitolin. Le Jupiter de Phidias à Athènes étant composé d'ébène, d'ivoire et d'or, n'avait pas besoin de cette peinture annuelle.

Quand vous voyez les paysans d'Italie habiller les figures de la Madonne et du Christ, dites c'est un usage ancien qui s'est conservé ainsi que beaucoup d'autres.

Les Italiens aiment les couleurs pures et tranchées, cela les égaye; la timidité d'un peuple brillant par la vanité, n'ose choisir pour ses vêtemens que des couleurs indécises.

Les anciens aimaient les sensations vives. Figurez-vous le fronton de la Madelaine peint et les vêtemens de chaque personnage distingués par une couleur différente, vous frémissez, mais c'est l'habitude qui frémit chez vous, avouez cependant que ce fronton serait moins monotone.

L'éducation moderne nous empêche de nous étonner de bien des choses. Ne pourrions nous pas nous guérir de ce ridicule dans ce qui a rapport aux arts ? Qui est-ce qui réfléchit l'habitude disait Mirabeau quand il demandait des réformes ?

GALERIE DORIA

BARTOLO ET BALDO JURISCONSULTES

*Deux portraits dans un même tableau, probablement
de Raphaël.*

L'admirable couleur de ces deux têtes approche infiniment de celle du Titien, surtout la couleur de la tête à gauche du spectateur ; c'est la manière forte de Raphaël. Le faire de ces deux portraits rappelle ce tableau de la Galerie du Louvre que l'on appelle Raphaël et son maître d'armes, ou Raphaël et le Pontorme.

A la Galerie Doria ces portraits sublimes sont mal placés et mal éclairés.

Le Prince Gabrielli possède un petit tableau de la jeunesse de Raphaël, le Christ au jardin

des oliviers. Ce que j'en aime le mieux ce sont
les figures de soldats dans le fond ; elles sont
tout-à-fait Raphaëlesques. On retrouve sur le
devant du tableau la figure que l'on voit dans
la Résurrection du Christ par le Pérugin, Galerie du Vatican. Les Cicerones prétendent que le
Soldat endormi présente le portrait de Raphaël.

Voici un mot de ce grand peintre ; un ami
à moi qui habite Ravenne possède un manuscript
du 16.me siècle, que depuis vingt ans il est sur
le point de publier, je commets donc un abus
de confiance en traduisant les six lignes suivantes:

Page 871. Le Cardinal B. disait au fameux
Raphaël d'Urbin : — Qu'est-ce donc que la
beauté ?

— Quelquefois je sais la reproduire (répondit le peintre), mais je déclare que je ne sais
pas ce que c'est ; — en ce moment il travaillait à la tête du Pape Urbain, il était sur son
échaufaud à 8 pieds de haut, et la Fornarina se
promenait dans la salle. Aucun des élèves n'osait
adresser la parole à cette capricieuse beauté.

GALERIE FESCH

Le Raphaël qui existe dans cette Galerie est de la jeunesse du maître. On réconnait déjà un peu de cette grace angelique que plus tard il a sû rendre avec plus de hardiesse et de force.

Ce qui ajoute à l'intérêt de ce tableau c'est qu'il est le seul Christ en croix qu'ait peint Raphaël.

Je trouve ici beaucoup de cette timidité qui fut un des grands défauts de son maître Pérugin. Cette timidité est bien singulière chez un contemporain de Michel-Ange et chez le maître de Jules Romain, je hasarderai l'opinion suivante : jamais Raphaël ne pût s'en guérir absolument. Ses tyrans ne sont pas cruels. Ils auraient laissé quelque espérance au malheu-

reux amenés devant leur trône; ses figures de
soldats ne sont pas militaires, il y a trop de
pensée et on ne lit pas assez dans leurs traits
l'habitude de l'action. Voir les soldats du *Spasimo*, et Tarquin dans les soubassemens des
chambres.

Après avoir indiqué aux voyageurs les principaux ouvrages de Raphaël à fresque et à
l'huile qu'ils doivent chercher dans Rome, je
dirai un mot d'une statue représentant Jonas
que l'on voit à la chapelle Chigi dans l'Eglise
de *Santa Maria del Popolo* à côté de la porte
par laquelle nous autres ultramontains nous
entrons dans Rome. Franchement cette figure
ne me parait point l'ouvrage de Raphaël. Tout
ce que j'y vois c'est que le sculpteur qui l'a
faite admirait ce grand homme.

CHAPITRE SIXIÈME

Les Stanze.

Chambre de Constantin.

En sortant des Loges, la vue peut-être un peu fatiguée de tant d'admiration; nous arrivons en tournant à gauche aux célèbres *Stanze* ou Chambres du Vatican. Trois seulement, et il y en a quatre, sont peintes par Raphaël; la première en entrant (la Chambre de Constantin) a été peinte par Jules Romain, le Fattore et d'autres de ses élèves, sur les desseins laissés par lui. Le coloris est d'un ton rouge-brique; les élèves ont outré les défauts du maître. En entrant, au dessus de la porte et un peu sur

la gauche on voit la Vision de Constantin ; le
peintre a choisi le moment où lui apparait la
Croix lumineuse avec ces mots célèbres *in hoc
Signe vinces.*

Sur le premier plan, le nain qui essaye de
placer un casque sur sa tête, est le portrait
de Gradasso Berrettai de Norcia fou célèbre de
la Cour du Pape. Vis-à-vis des fenêtres c'est
le fameux tableau de la Victoire remportée par
Constantin sur Maxence en 312, la scène se
passe près le Ponte Molle à une demi-lieue de
Rome ou aux *Saxa rubra.* Tous les peintres de
batailles ont volé sans scrupule dans cet immense tableau. Les personnages sont trop pressés,
ou ne leur a pas laissé l'espace nécessaire pour
agir et tuer leur voisin.

A gauche de ce tableau arrêtez vous au
portrait en pied du Pape Urbain I ; cette tête
magnifique est peinte à l'huile de la main de
Raphaël, et ce fut dit-on son dernier ouvrage;
il y travaillait pendant le Carême de 1520 et
ce fut le Vendredi Saint comme vous savez
qu'il quitta la terre.

L'oreille et une partie de la joue ont été repeintes par Sébastien del Piombo, après les dégradations affreuses suites du sac de Rome en 1527. Pendant six mois les soldats Luthèriens tuèrent, volèrent, violèrent, cherchèrent à polluer tous les édifices, la plupart exerçaient des vengeances de religion. Les draperies et les mains d'Urbain I furent peintes à fresque par le Fattore. Au côté droit de ce Pape se trouve la figure de la Justice peinte à l'huile ; elle est aussi en entier de la main de Raphaël. Ces essais de peinture à l'huile *sur le mur* annoncent, dit-on, l'intention du maître qui avait été d'employer l'huile pour la dernière des quatre Chambres.

En face de la Vision qui convertit Constantin c'est le baptême de cet Empereur ; l'architecture rappelle celle du baptistère de Constantin à S.ᵗ Jean de Latran.

On remarque le portrait du Comte Baltazar Castiglione, l'ami de Raphaël ; il est près d'une colonne vêtu de noir, il a sur la tête une tocque avec une fourrure noire. Entre les fenêtres on voit Constantin donnant au Pape Silvestre I la

ville de Rome. L'Empereur est à genoux tenant
de la main droite une figurine d'or qui représente Rome, il en fait hommage au souverain
Pontife. Les peintures de cette première Salle
en entrant se deployent sur des tapisseries ten-
dues contre les murs. Au plafond la statue de
marbre d'un Dieu du paganisme éclate en morceaux devant le Crucifix. Il y a là beaucoup et
trop de vérité : on craint que toute cette architecture ne tombe sur la tête. On attribue le
dessin de ce tableau à Tommaso Lauretti de
Palerme ; il fut peint par Antonio Salviati de
Bologne.

Seconde Chambre, dite d'Héliodore.

La fresque à gauche en entrant représente
le châtiment d'Héliodore Préfet du Roi Séleucus,
cet homme fut chassé du temple de Jérusalem
à l'intercession du grand Prêtre Onias, que l'on
voit en prière au fond du tableau.

Héliodore venait enlever dans le temple
les dépôts appartenant aux veuves et aux pu-

piles, il est foulé aux pieds par trois figures armées descendues du Ciel. Cet ouvrage est de 1512 et selon l'usage de la flatterie du 16.ᵐᵉ siècle; il fait allusion au Pape Jules II qui chassa d'Italie les ennemis du Saint Siége.

Le groupe de femmes à gauche du spectateur fut peint, dit-on, par Pierre de Crémone, élève de Corrège. N'y trouvez vous pas une suavité singulière dans l'Ecole Romaine?

Regardez les figures des porteurs, celle qui est le plus en avant est le portrait de Marc'Antoine Raimondi, le célèbre graveur de Raphaël.

Derrière le Pape le peintre a placé Jean-Pierre de'Foliari, ami du peintre; ce personnage fut Secrétaire de Jules II; il tient à la main sa tocque et un papier sur lequel son nom est écrit.

Remarquez que les *bleus* de toutes les fresques de Raphaël ont perdu leurs ombres, ils sont tous au premier plan et ressemblent assez aux bleus des cartes à jouer.

A gauche, au dessus de la fenêtre, la messe de Bolsène.

Un prêtre doutait de la présence réelle du Christ dans l'Eucharistie, il voit sortir du sang de l'hostie au moment où il vient de la consacrer. Ce sujet était mis à la mode par les paroles séditieuses de Luther.

On conserve encore à Orvieto le *corporale* teint du sang miraculeux. Le Pape assistant à la messe est Jules II.

Le tableau en face d'Héliodore représente Attila arrêté dans sa marche sur Rome par le Pape S.ᵗ Léon, allusion flatteuse à Léon X qui par les travaux de sa diplomatie avait préservé les Etats de l'Eglise de l'invasion des ultramontains. Les traits du Pape sont ceux de Léon X. On trouve ici le portrait du Pérugin, il est représenté tenant une masse.

Le quatrième tableau sur la fenêtre à droite en entrant: la Délivrance de S.ᵗ Pierre, fut le premier ouvrage que fit Raphaël après la mort de Jules II. L'aimable Léon X venait de parvenir au trône: Raphaël guidé par le Bramante choisit un sujet qui pût faire allusion au plus grand évènement de la vie du Pape.

Envoyé Légat à Ravenne par Jules II le jeune Cardinal fut fait prisonnier à la bataille de ce nom (Avril 1512) on le conduisit à Milan, d'où il devait être transféré à Paris, mais il parvint à s'échapper au passage du Po. Puis il retomba au pouvoir d'un de ses ennemis Bernardino Malaspina, enfin le Maréchal Trivulce qui commandait pour la France intervint, et lui fit rendre la liberté. Un an juste après cette suite d'accidens Jean Cardinal de Médicis se voyait intronisé sur l'autel de S.ᵗ Pierre, sur quoi les courtisans ne manquèrent pas de mettre sa délivrance au nombre des plus grands miracles.

Quant à celui qui rendit la liberté à S.ᵗ Pierre on voit dans la prison au travers d'une grille de fer un Ange qui fait tomber ses fers.

A gauche du tableau ce même Ange avec l'air de fierté de la toute-puissance conduit S.ᵗ Pierre au travers de la garde de soldats placée autour de la prison. Ce tableau est de 1514.

Ceux du plafond qui avaient beaucoup souffert, en 1527 furent gâtés par Charles Maratta.

17.

Le premier tableau au dessus d'Héliodore représente le Buisson ardent. Au dessus de la Messe
de Bolsène on voit le Sacrifice d'Abraham; la
Sortie de l'Arche se trouve près de l'Attila; et,
enfin, au dessus de la Délivrance de S.ᵗ Pierre,
le plafond représente l'échelle de Jacob. Rien
de plus enluminé que ce plafond que Charles
Maratta a rehaussé de sa couleur bleue si aigre
pour l'œil (*). Ce qu'il faut à jamais regretter,
c'est que ces peintures du style le plus idéal
de Raphaël soyent presqu'entièrement perdues
pour les arts.

A aucune époque le jeune peintre ne rendit
mieux la physionomie de ces personnages presque surnaturels de l'ancien Testament. Afin de
pouvoir placer dans une voûte des figures qui
ne fussent point vues en raccourci, effet peu
agréable, Raphaël a supposé que ces divers
sujets sont représentés sur des tapisseries que
des clous fixent au plafond.

(*) M. Valery dit : Les figures *en grisaille* de la voûte
ont un grand et beau caractère. Itinéraire, édit. de 1839,
tom. II, page 300.

Malgré la prétendue admiration pour Raphaël ces exemples semblent perdus pour les
modernes, grands ennemis de la patiente logique. Aujourd'hui l'on peint sans scrupule un
plafond comme l'on peindrait un tableau destiné
à être placé dans une position verticale, et les
yeux pervertis par le mauvais goût, s'accoutu-
ment à voir des figures dans une position si
étrange et de l'architecture qui semble prête à
écraser le spectateur.

Les cariatides au dessous des grandes fresques de cette seconde chambre font allusion
aux encouragemens que les Papes ont voulu
donner au commerce, à l'agriculture, etc. Ces
figures avaient été mutilées par les soldats
Luthériens de 1527, et le dur pinceau de Charles Maratta les a grossièrement repeintes ; c'est
assez dire qu'on a beaucoup de peine à y reconnaître quelques traits à demi effacés de leur
beauté première. La décadence avait fait des pas
de géant du tems de Charles Maratta (1702), on
fesait vîte et les artistes rêvaient au grand
art de se pousser à la Cour !

*Troisième Chambre, dite de l'*ECOLE D'ATHÈNES.

Cette Chambre est un poème tout entier, destiné à enseigner aux Juges leurs sévères devoirs. Elle devait servir pour le Tribunal dit *della Segnatura* (sorte de Cour de Cassation), et Raphaël a voulu représenter toutes les connaissances nécessaires à des Juges suprèmes, il a commencé par la Théologie.

Comme nous l'avons dit le peintre suppose réunis pour raisonner sur le S.ᵗ Sacrement (alors attaqué par Luther) tous les grands hommes qui ont appartenu à l'Eglise ou ont parlé des choses sacrées; le Dante, par exemple, qui parait couronné de lauriers, et Savonarola brûlé vif à Florence et précurseur de Luther.

Pour expliquer un peu le sujet du tableau, et donner un centre à la réunion de tant de personnages qui ne se sont jamais vus, Raphaël fait intervenir la Trinité. Les Saints et les Prophètes semblent prendre part aux discussions, mais sans passion; placés aux Ciel ils connais-

sent la vérité tout entière. Cette peinture est
la première que Raphaël ait exécutée à Rome (*)
lorsqu'il y fut appellé en 1508 par le Bramante,
c'est aussi la plus belle suivant l'avis de beaucoup de gens. Il faut venir la voir toutes les
fois que l'on monte au Vatican ; à la cinquième
ou sixième visite on commencera à l'adorer.

Au dessus on voit dans un cercle la belle
figure de la Théologie, ayant à ses côtés deux
Anges tenant des tablettes avec ces inscriptions
(*divinarrer notitiae*).

A côté de la figure de la Théologie l'artiste a peint le premier péché : Eve offre la
pomme fatale à son époux.

A droite de la Dispute du S.ᵗ Sacrement
sur la fenêtre, on voit le Parnasse ; l'artiste a
réuni tous les grands poètes, il demanda des
conseils à l'Arioste (qui venait à Rome quelquefois pour tâcher d'être Cardinal). Dans la première pensée de ce tableau on trouve Apollon

(*) Le Musée du Louvre possède une fort passable
copie de ce tableau ainsi que de l'Incendie du Borgo.

jouant de la lyre, instrument que le peintre a remplacé par un violon ; il eut raison : aucun de ses contemporains n'avait entendu la lyre, et le violon commençait à être à la mode ; Raphaël fut charmé de faire un compliment délicat à un virtuose célèbre son ami dont nous trouverons le portrait au palais Sciarra.

Cette peinture porte la date de 1511.

La figure de la Poésie que l'on voit au plafond, au dessus du Parnasse, est d'une rare beauté ; il faut regarder long-tems cette tête remplie d'inspiration. Deux génies tiennent des tablettes avec ces mots (*numine afflatur*). A côté de cette figure, dans un espace carré, Apollon fait écorcher Marsyas.

C'est vis-à-vis du S.ᵗ Sacrement que se voit la célèbre Ecole d'Athènes. Le peintre a voulu réunir tous les philosophes qui se sont distingués en raisonnant sur la nature des choses, sur l'âme, sur la création, etc. On trouve ici tous les hommes célèbres depuis Zoroastre jusqu'à Pic de la Mirandola ; mais le peintre n'a pas osé donner de place à Lucrèce, le plus terrible

de ces raisonneurs. Milan possède l'admirable
Carton de l'Ecole d'Athènes (*).

Au dessus de ce tableau se trouve la figure
de la Philosophie tenant deux livres, sur l'un
est écrit *moralis* sur l'autre *naturalis*.

Tout auprès on voit l'Astronomie; une jeune
femme contemple le Firmament.

Au dessus de la fenêtre qui fait face au
Parnasse, Raphaël a voulu indiquer la Jurispru-
dence par les trois Vertus qui sont le plus né-
nessaires aux juges : la Prudence sous la figure

(*) « La tête d'Homère, quoique le buste antique du
« poète n'eut point alors encore été découverte, est peut-
« être la plus surprenante de ces 52 figures, et respire la
« plus haute inspiration ; à ses côtés sont Virgile et le
« Dante. L'Aspasie, jeune et belle, est sérieuse. Les divers
« groupes se rattachent naturellement à l'action princi-
« pale. Plusieurs figures sont des portraits: l'Archimède est
« Bramante ; le jeune homme un genou en terre, Fré-
« déric II Duc de Mantoue; les deux figures à gauche de
« Zoroastre, la couronne sur la tête, sont le Pérugin
« et Raphaël » (erreur quant au Dante, à Virgile, à
Homère, etc.). Itinéraire de M. Valery, liv. XIV, chap. IH,
pag. 23, édition de 1833.

d'une jeune femme qui tient un miroir, la Force appuyée sur un lion, et à gauche la Tempérance tenant un frein. Raphaël a sû élever au sublime ces trois figures qui seraient restés si froides sous un autre pinceau. Il eut le don suprème de faire sentir et penser.

Au dessus se trouve la belle figure de la Justice armée d'un glaive dont elle parait frapper avec regret. Deux enfans portent des tablettes avec ces inscriptions (*Jus suum*) (*Unicuique tribuit*). On trouve à côté le Jugement de Salomon.

Au dessous des trois vertus aux côtés de la fenêtre on voit à droite de l'Ecole d'Athènes l'Empereur Justinien qui remet le livre du Digeste au Jurisconsulte Trèbonien qui le reçoit à genoux ; près de lui sont Téophile et Dorothée. De l'autre côté, près de la Dispute du S.ᵗ Sacrement le Pape Grégoire IX remet les Décrétales à un Avocat Consistorial. Le Pape Grégoire a les traits de Jules II. A ses côtés sont les Cardinaux Jean de Médicis qui fut Léon X; Antoine del Monte et Alexandre Farnese (Paul III). Ainsi dans un si petit espace l'on trouve réunis les portraits de trois grands hommes, faits par un peintre leur égal au moins: Léon X, Jules II et Paul III (Lisez la Vie remarquable de ce dernier et admirez son tombeau au fond de S.ᵗ Pierre).

Le Jugement de Salomon, Adam et Eve, le Supplice de Marsyas, l'Astronomie forment des tableaux carrés ; la Théologie, la Poésie, la Philosophie et la Justice occupent des espaces circulaires et imitent des mosaïques à fonds d'or.

Dans la voûte de la chambre précédente, Raphaël a pris le parti d'imiter des tapisseries afin de motiver le manque de raccourcis, ici il place des mosaïques qui représentent des corps solides liés à l'architecture.

Il semble que le peintre ait voulu indiquer clairement dans la salle de l'Ecole d'Athènes les motifs qui l'ont déterminé à imiter des mosaïques ; il s'agissait d'éviter les raccourcis. Ici il a laissé comme dans quelques temples antiques à la *Rotonde* par exemple, un jour à la voûte afin de motiver l'accès de la lumière ; il a profité de ce jour pour peindre un groupe d'Anges

18

qui portent dans les airs l'écusson des armes du Pape. Mais les figures devaient être animées, aussi Raphaël a-t-il eu soin de les peindre en raccourci, c'est-à-dire telles qu'on les verrait si elles existaient réellement.

Quant aux peintures monochrômes, imitant des bas-reliefs, qui sont placées sous le Parnasse, elles sont expliquées différemment par les écrivains du tems.

Celle au dessous de Sapho doit représenter Alexandre fesant placer les œuvres d'Homère dans une cassette d'or; celle de l'autre côté de la fenêtre est décrite comme représentant Auguste qui ordonne que l'on ne brûle pas l'Enéide. (Les beaux morceaux étant dans la mémoire de tous, il était sage à Virgile de faire brûler la partie commune).

D'autres descriptions accreditées donnent la première de ces peintures comme représentant Tarquin le Superbe qui retrouve les livres Sybillins dans le tombeau de Numa; la seconde serait ce même Tarquin qui se décide acheter les trois derniers livres Sybillins et ne veut pas consentir à ce que ces trois livres aient le sort des six premiers brûlés par ordre de la Sybille. Les soldats n'ont pas l'air militaires, ce sont plutôt des philosophes tendres.

Jules II et Léon X furent tellement enthousiasmés du talent de Raphaël, et de l'effet général de ces Salles, qu'ils voulurent des peintures partout et ne laissèrent de place pour aucun meuble.

Quatrième et dernière Chambre, dite de l'INCENDIE DU BORGO.

Ici les tableaux n'ont plus le même intérêt. Le mur à gauche en entrant représente la Défaite des Sarrasins à Ostie.

Ces barbares tentent de débarquer, ils sont vaincus par les troupes de Léon IV. Tandis qu'une tempête disperse leur flotte, ceux qui ont débarqué sont mis à mort ou faits prisonniers.

On dit que la tête du Pape offre le portrait de Léon X, les Cardinaux qui l'accompagnent seraient Laurent de Médicis, qui fut Clément VII, et Bibiena.

Ce tableau a horriblement souffert il est presqu'effacé et semble laid.

En face de la fenêtre, Raphaël a représenté l'Incendie du *Borgo* (on donne ce nom aux rues que l'on suit après le pont S.ᵗ Ange pour aller à S.ᵗ Pierre ; Napoléon avait annoncé le projet de les faire démolir et de construire entre S.ᵗ Pierre et le pont une des plus belles places du monde).

En 847, sous le Pontificat de Léon IV, le Borgo près le Château S.ᵗ Ange devint la proie d'un incendie miraculeusement éteint par l'intercession du Pape.

C'est sur le premier plan, à droite du spectateur, que se trouve cette fameuse figure de jeune fille portant un vase d'airain sur la tête, toute de la main de Raphaël.

L'Eglise du fond est l'ancienne Basilique de S.ᵗ Pierre élevée par Constantin.

Le groupe dans le lontain sous la fenêtre occupée par le Pape est un des plus miraculeux ouvrages de Raphaël. On trouve là des nuances d'expressions sublimes.

Vis-à-vis la Défaite des Sarrasins, on voit le Couronnement de Charlemagne par le Pape Léon III dans la Basilique du Vatican telle qu'elle était avant Jules II et Michel-Ange.

Au dessus de la fenêtre Raphaël a placé la Justification de S.ᵗ Léon III ; ce Pape jure qu'il est innocent.

Les plafonds de cette chambre sont du Pérugin ; Raphaël obtint de Jules II que les ouvrages de son maître ne partageraient point le sort des autres peintures détruites a coups de marteau afin de faire place aux fresques du jeune peintre.

Il y a peu d'années l'on voyait encore des fresques attribuées à Raphaël dans le Cabinet de bains de Léon X au Vatican ; elles sont détruites maintenant, j'ai un trait gravé d'une de ces fresques ; c'est une Nymphe au bain surprise par un Satyre.

La seconde fois que l'on ira aux *Stanze* de Raphaël, il sera fort utile d'étudier chaque tableau et de compter les personnages dans des gravures au trait, de grand format, faites en 1811 sous les auspices du Baron Martial Daru.

Le lecteur trouvera peut-être que j'ai parlé un peu longuement des fresques du Vatican. D'abord ce genre de peinture ne se voit guères qu'à Rome ; Paris, Berlin, Londres, S.ᵗ Péters-bourg n'ont rien en ce genre.

En second lieu les ombres des fresques sont du ton de la nature, et l'on connaît un peintre bien mieux par ses fresques que par ses tableaux à l'huile.

Dès que le voyageur aura compris les fresques de Raphaël au Vatican, et avant de chercher à la Chapelle Sixtine les deux grands ouvrages de Michel-Ange, le *Jugement dernier* et la *voûte*, il doit aller à Monte Cavallo pour l'*Aurore* du Guide au Palais Rospigliosi ; puis il faut voir les fresques du Dominiquin à S.ᵗ André della Valle, et les plafonds du Palais Costaguti à côté du Ghetto. Là il trouvera le Dominiquin luttant avec le Guerchin : à S.ᵗ Grégoire il le verra luttant avec le Guide. Quant à la célèbre Aurore du Guerchin à la Villa Ludovisi, chef-d'œuvre de force, elle est bien gardée par un possesseur jaloux et il est presqu'impossible de

la voir ; le maître actuel n'admet les étrangers
que deux fois l'an: le 26 Avril et le 3 Septem-
bre. Rien n'est plus facile au contraire que
d'arriver à la Galerie d'Annibal Carrache au
Palais Farnèse.

Avant d'entrer à la Chapelle Sixtine il faut
pour se préparer à la terrible peinture de Michel-
Ange, aller examiner son Moyse à San Pietro in
Vincoli et la statue couchée de Jules II.

Pour comprendre le Jugement dernier et ses
neuf groupes il faut étudier une gravure au
trait, et en lire une description. Le long des
murs de côté de la Chapelle Sixtine, se trouvent
des fresques fort agréables, que vous aurez le
tems d'étudier en écoutant le célèbre Miserere
le Vendredi Saint, lequel n'arrive qu'après des
Psaumes bien longs.

Ne pas oublier la tête de Junon à la Ville
Ludovisi.

CHAPITRE SEPTIÈME

LA FARNESINA

Peintures à fresque.

C'est un Casin appartenant au Roi de Naples, sur la rive droite du Tibre au pied du Janicule, non loin du tombeau du Tasse. Là vous trouverez les derniers ouvrages de Raphaël. Arrivé au comble de la gloire, accablé de commandes, porté aux nues par l'Italie alors le centre de la civilisation (1518) il céda aux prières de son ami le riche banquier Augustin Chigi, et peignit à fresque au plafond de la salle d'entrée, le roman de Psyché et de l'Amour.

19

La salle est beaucoup plus longue que large ; deux tableaux principaux représentent au milieu du plafond, l'un le *conseil des Dieux :* Psyché reçoit l'immortalité ; l'autre, les Noces de Psyché: tous les grands *Dieux* assistent au banquet.

Divers tableaux secondaires au nombre de 14 montrent l'Amour vainqueur des 12 grandes Divinités. Dans chacune des lunettes un ou deux Amours portent en triomphe les attributs d'une de ces Divinités vaincues par l'Amour.

Surtout en regardant ces peintures sublimes, faites abstraction de l'infame couleur bleu de ciel foncé qui les encadre de façon à les éteindre. Il faut que Charles Maratte, qui se chargea de faire appliquer cette couleur, fut un homme sans cœur.

Ces divins ouvrages furent exécutés, pour la plupart, par les élèves de Raphaël. La tradition veut que le dos d'une des trois Graces vis-à-vis la porte d'entrée à gauche, soit en entier de la main du maître.

Dans la salle qui suit on admire le triomphe de Galathée ; cette fresque, peinte avant l'histoire de Psyché, est mieux conservée ; l'abominable Charles Maratte n'y a pas mis son bleu.

Il faut monter au premier étage de la Farnesina et y chercher des têtes admirables par le Sodome. C'est celui de tous les peintres qui a le plus approché de Raphaël, après lui je placerais *Spagna*. Jules Romain et le Fattore ne furent quelque chose en peinture, que du vivant du maître. Comme les maréchaux de Napoléon, après la mort du grand homme ils étonnent par leur nullité, Jules Romain a de la science.

Etudiez à la Farnesina, Alexandre et Roxane du Sodome, et la famille de Darius. Le Sodome ne mettait son âme qu'à une ou deux têtes dans un tableau ; il méprisait la peinture des choses vulgaires que tous les sots peuvent voir : les draperies, les armes, l'architecture, etc. etc.

Le Prophète Isaïe

Fresque à St Augustin.

C'est au 3.me pilier à gauche en entrant dans cette Eglise, que le voyageur va chercher cet Isaïe, ouvrage de la dernière manière de Raphaël; il imitait les fresques de Michel–Ange au Vatican vues à l'insù de l'artiste Florentin qui se fâcha.

Le tableau ayant beaucoup souffert fut retouché et des draperies decentes ajoutées par Daniel de Volterre, le même qui plus tard quand la piété s'offensa de la nudité des terribles personnages du Jugement dernier, fut chargé de les habiller. Rome, toujours satyrique, le punit de cet acte de sottise en lui donnant le surnom de Braghettone (le culottier).

Casin de Raphaël

Situé dans la Villa Borghèse ; fresques.

———

Il y a quelques années , l'on allait chercher dans cette humble maison qu'on aperçoit du Pincio au milieu d'une prairie, des fresques dont la plupart ont dû être faites par les élèves de Raphaël, et probablement d'après ses conseils. On voyait dans plusieurs chambres une frise composée des portraits des jolies femmes de ce tems là, l'œil s'arrêtait sur le portrait de la Fornarina ; toutes ces têtes ne sont pas d'un mérite égal.

On trouvait dans le salon deux fresques, l'une représentant Alexandre et Roxane, la seconde une Allégorie : les vices lancent des flèches contre un bouclier au milieu duquel on

distingue un cœur qui sert de but. C'est apparemment le cœur de l'homme sage attaqué par
les vices.

Une ancienne gravure de ce tableau attribue cette composition à Michel-Ange, est-ce une
erreur ? je le crois ; ou bien est-ce un hommage que Raphaël a voulu rendre au talent de
son rival ?

Dans le troisième tableau du salon, celui
qui était au plafond, on voyait l'Amour couron-
nant Flore ; cette peinture inférieure aux deux
précédentes, n'est pas de la même main. Bientôt
le Prince Borghèse amateur éclairé des arts ren-
dra ces fresques si curieuses à l'admiration du
monde. Voir le Musée de la Ville Borghèse et la
Daphné, changée en lauriers, l'un des plus singuliers ouvrages de l'antiquité. Voir aussi le
portrait de l'aimable Princesse Pauline par Canova.

LES SYBILLES

à l'Eglise de la Pace.

———

Cette fresque est sans doute de la belle manière de Raphaël, mais elle a été restaurée il y a peu d'années ; c'est toujours un terrible malheur pour un tableau. Un grand homme est soumis à toutes les timidités de la médiocrité.

Maintenant ainsi que la plupart des fresques elle manque de vigueur, mais le sujet est gracieux ; les femmes doivent commencer par la Farnesina et la *Pace* l'étude des fresques de ce grand peintre ; il parait sévère aux yeux gâtés par les migniardises infames des lithographies, et par les gravures séches des Keepsaques anglais.

La veille du jour où l'on doit quitter Rome revoir Michel-Ange et Raphaël, les yeux ont *désapris* le joli de Paris, et on les goûtera davantage; d'ailleurs on trouve presque par tout des tableaux de Raphaël et Rome seule a ses fresques. L'imitation de Michel-Ange est frappante surtout dans cette admirable figure de jeune fille, portant un vase sur sa tête, de l'incendie du Borgo. Aller jeter un dernier regard sur l'Armide du Palais Costaguti.

Les Stanze se voyent mieux lorsqu'il y a de la neige dans la cour, comme le 25 Mars 1840.

Tableaux a l'huile

De la Galerie du Vatican.

—

La Transfiguration a été pendant 250 ans
à l'Eglise de *San Pietro in Montorio* (d'où l'on
a une si belle vue). Le Cardinal de Médicis
l'avait donnée à cette Eglise.

Madonne de Foligno
(*chef-d'œuvre de coloris*).

On l'appelle aussi la Vierge au *Donataire* ;
Sigismond Conti obtint cet ouvrage de l'amitié
de Raphaël ; Conti est dans le tableau à genoux
en habits de Prélat ; il donna cette œuvre immortelle au Couvent des Comtesses à Foligno,

dont sa nièce était Abbesse (*). Sigismond Conti
a une triste figure, il était premier Secrétaire
de Jules II.

Le Couronnement de la Vierge.

Ouvrage de la jeunesse de Raphaël. Avant
le voyage à Paris qui suivit le traité de Tolentino (15 Avril 1798) on voyait ce tableau à Pérouse dans l'Eglise des Bénédictins.

Le Couronnement de la Vierge.

Le dessin seul de ce tableau est de Raphaël ; on croit qu'il a été exécuté par Jules
Romain et F. Penni dit le *Fattore*.

On remarque dans le fond la vue de Tivoli.
Il était avant le traité de Tolentino à l'Eglise
de Monte Luce près de Pérouse.

(*) Près de Foligno à Spello et à Assisi, se trouvent
les ouvrages admirables et inconnus du *Spagna* condisciple de Raphaël, et de l'*Ingegno* jeune peintre aveugle
à 30 ans.

Les Mystères (*petit tableau*).

Dans cet ouvrage de la première jeunesse du maître, on reconnaît déjà cette grace modeste, divine et tranquille, qui est le cachet distinctif de toutes ses œuvres. Personne après lui n'a pû y atteindre.

Les figures sont très-petites; le tableau est divisé en trois compartimens, représentant l'Annonciation, l'Adoration des Mages et la Circoncision.

Les Vertus Théologales (*grisaille*).

Ce petit chef-d'œuvre est aussi divisé en trois compartimens de forme ronde; c'est la Foi, l'Espérance et la Charité. Il était dans la Sacristie des Pères Conventuels de Pérouse.

———

PORTRAIT DE LA FORNARINA

Galerie Barberini.

La Fornarina est représentée sans vêtemens autre qu'un voile transparent ; elle n'est vue que jusqu'aux genoux.

La poitrine, le bras droit, et la tête sont évidemment de Raphaël, et de sa plus belle manière, on peut dire qu'il n'a rien fait de plus beau que cette poitrine. Les particularités de son style fourmillent dans ce chef-d'œuvre, par exemple la hardiesse avec laquelle il détache les cheveux sur un front vivement éclairé. La main gauche étant mal venue il ne se donne pas la peine de la refaire, remarquez l'anneau singulièrement placé à la première phalange.

Souvent encore l'on retrouve dans le peuple à Rome, des figures comme celle de la Fornarina, le nez est trop grand, trop avancé, il empiète sur tous les traits environnans, ainsi il y a trop peu d'espace entre le bout du nez et le menton.

Les lèvres avancent vers le milieu de la bouche, ce qui leur donnant une expression constante, ôte toute expression.

Je ne connais aucune tête de Raphaël comparable à celle-ci pour la vérité, et rien de plus faux et de plus sot que ce que l'on trouve sur la Fornarina dans les Biographies de Raphaël récemment publiées. Gardez-vous de les lire, ce sont des romans plats qui vous empêchent pendant deux mois de penser à ce grand homme qui fut le plus heureux des gens de cette espèce.

Tout ce qu'on sait de lui au delà de la liste de ses ouvrages, peut se dire en deux pages, et il serait difficile au savant le plus effronté de remplir trois lignes de ce qu'on sait de la Fornarina.

Un des derniers Biographes décrit la façon dont Raphaël s'y prenait pour lui faire la cour,

il se tenait debout derrière un petit mur de
jardin pour voir la Fornarina.

Après la mort de la nièce du Cardinal Bibbiena, qui fut la rivale de la Fornarina, on
mit le tombeau de cette nièce au Panthéon ;
il se trouve placé près de celui de Raphaël qui
lui survécut peu.

L'épitaphe de Marie Bibbiena, qu'on y voit
encore, contient quatre lignes remarquables.

MARIAE . ANTONII . F . BIBIENAE . SPONSAE . EIVS

QVAE . LAETOS . HYMENEOS . MORTE . PRAEVERTIT

ET . ANTE . NVPTIALES . FACES . VIRGO . EST . ELATA

BALTHASSAR . TURRINVS . PISCIEN . LEONI . X . DATAR

ET . IOANNES . BAPTISTA . BRANCONIVS . AQVILAN . A . CVBIC

B . M . EX . TESTAMENTO . POSVERVNT

CVRANTE . HIERONYMO . VAGNINO . VRBINATI

RAPHAELI . PROPINQVO

QVI . DOTEM . QVOQVE . HVIVS . SACELLI

SVA . PECVNIA . AVXIT

Ainsi ce sont les amis de Raphaël qui élèvent un tombeau à cette nièce d'un Cardinal,
qu'il n'avait cependant pas épousée.

Je l'avouerai, souvent au retour des longues journées passées au Vatican, à rêver au génie de Raphaël, j'allonge un peu mon chemin, pour passer devant la maison occupée jadis par le père de la Fornarina (Via Porta Settimiana, N.º 20, à droite en venant du *Ponte Sisto* à S.ᵗ Pierre à 400 pas avant d'arriver à la Porta Settimiana). Ce qu'il y a de singulier c'est que cette maison après 325 ans, est encore occupée par un four public.

J'ai pensé que je trouverais peut-être un peu de cette curiosité chez quelque lecteur taxé de *singularité* par ses amis, et j'ai placé en tête de ce volume, une vue de cette maison vulgaire.

La Vierge et l'Enfant Jésus

Galerie Camuccini.

———

Dans ce tableau de petite proportion et de la seconde manière de Raphaël, on admire la pureté d'expression et la beauté de la Vierge ; il ne peut exister aucun doute sur son originalité.

M. François Duval de Genève, l'un des généreux citoyens de notre République, si connu par le noble emploi d'une belle fortune, possède un tableau obsolument semblable à celui-ci.

Le tableau de M. Duval acquiert un nouveau prix par le voisinage de l'un des chefs-d'œuvres d'une école bien différente de celle de Raphaël, je veux parler de la magnifique

Résurrection de Lazare par Rembrant. La figure du Christ tenue dans l'ombre et se détachant sur un ciel clair fixe l'attention sur le Miracle et produit un effet étonnant, selon moi. Raphaël n'eut point osé le hasarder. Ce grand homme garda toute sa vie un peu de la timidité du Pérugin. Mais les gens hardis manquent de cette sensibilité profonde qui attache les regards à la moindre de ses figures. Souvent il faut choisir: une âme passionnée et folle comme celle de J. J. Rousseau, n'a pas la hardiesse brillante de Casanova.

J'ai vu un troisième tableau de la Vierge et de l'enfant Jésus dans une Galerie à Londres.

Bientôt, je le crains, il faudra aller chercher en Angleterre tous les beaux tableaux du monde. En 1838 la Douane anglaise a compté 8000 tableaux entrants.

Et on les place impitoyablement sur des fonds de damas rouge !

21

CHAPITRE HUITIÈME

———⋯———

LES ARAZZI

(A la Galerie du Vatican).

———

C'est Léon X qui demanda à Raphaël les *Cartons* ou dessins colorés d'après lesquels des ouvriers d'Arras exécutèrent ces tapisseries. Ce Pape, homme d'esprit, accoutumé au luxe du Palais de son père Laurent–le–Magnifique, à Florence, voulut orner quelques salles du Vatican d'une façon digne de son âme. Ces tapisseries ont le mérite précieux de conserver l'esprit des compositions de Raphaël et beaucoup de ses *contours.*

Me trouvant en Angleterre j'allai à Hamptoncourt à 15 milles de Londres voir les cartons de Raphaël, là je fus surpris par une sensation à laquelle j'étais loin de m'attendre. Après avoir vû dans le cours de ma vie, tant de peintures que j'ai été appellé à examiner de fort près, j'avouerai que je reste souvent froid devant de belles choses ; ce n'est plus le tems où les tableaux que j'avais vus le jour m'empêchaient de dormir la nuit suivante. Eh bien ! les cartons de Hamptoncourt produisirent sur moi cette sensation presque oubliée ; la nuit et le jour qui suivirent ma visite, je ne pouvais chasser de ma pensée le souvenir de ces figures admirables ; le feu qui animait Raphaël lorsqu'il les dessinait semblait s'être communiqué à mon âme ; j'étais ravi ! Alors il m'arriva de trouver un peu froides les célèbres fresques du Vatican que j'avais tant admirées à mon premier voyage à Rome. En les rappellant à ma pensée il me semblait qu'elles *sentaient la copie;* je voyais qu'elles n'étaient point toutes de la main de Raphaël, tandis que les cartons au contraire, sorte de premier jet de sa pensée, portaient l'empreinte la plus vive du génie de ce grand homme.

Ce fut donc avec une curiosité toute nouvelle, que le jour même de ma rentrée à Rome je courus voir les *Arazzi ;* alors m'apparut l'énorme différence qui existe entre ces tapisseries et les *Cartons ;* je ne retrouvais à Rome autre chose que la composition ; la netteté des contours avait disparu, presque toutes les expressions des têtes étaient perdues. Plusieurs de ces têtes même étaient voisines du ridicule.

Depuis, dans les années suivantes, revoyant plus souvent les *Arazzi,* le souvenir primitif des cartons originaux s'est peu à peu effacé de ma mémoire, j'ai crû avoir été injuste envers ces tapisseries, et maintenant elles me paraissent bien meilleures qu'à l'époque où je les revis, à mon premier retour de Londres.

Ceci m'a fait remarquer le mauvais effet produit par les gravures et autres médiocres copies des excellens originaux. Dans le feu de l'admiration qu'excite une belle tête ou un tableau sublime, on se procure un portrait ou une gravure

desquels on est fort mécontent tant que le souvenir de l'original est encore vivant dans la
pensée. Mais peu à peu, l'impression du tableau,
ou de la belle tête, s'affaiblit, et si nous voyons
souvent la copie, notre œil s'y accoutume;
l'on finit ainsi par ne pas trouver si gauche,
ce que d'abord l'on avait blâmé avec tant de
feu. Hé bien, autant nous admirons ces copies,
autant nous avons perdu en amour du beau;
savoir les haïr est le commencement de la sa-
gesse.

J'ai souvent remarqué que le possesseur
d'une belle collection de gravures, dit des choses
plus plaisantes en parlant des grands maîtres,
que le vulgaire des amateurs.

Au nombre des raisons par lesquelles on
peut expliquer l'immense supériorité des peintres antérieurs à l'an 1600, on peut donc admettre
celle-ci : ils n'avaient point l'habitude des gravures et des mauvaises copies. Jugez des ravages
que les albums et la lithographie doivent produire
sur les amateurs de Paris. Il leur faut en arrivant
à Rome, désapprendre tout ce qu'ils croyent sa-

voir sur les arts. Un nouveau malheur les attend
à leur retour à Paris, ils trouveront laides toutes
ces belles choses au milieu desquelles ils doivent
passer leur vie. Ils ne sauront plus en parler
avec élégance ; donc ne pas venir à Rome.

Retournons aux tapisseries fabriquées à Arras ; dans cette jolie Galerie en pente et à pavé
de marbre qui conduit de la salle des cartes de
Géographie peintes à fresque aux trois chambres
où sont placés la Transfiguration, la Communion
de S.ᵗ Jérôme, et les autres tableaux de la collection du Pape, on trouve dix-huit pièces de tapisseries, exécutées d'après les cartons de Raphaël.
Sept des cartons originaux existent encore, comme vous le savez, au Palais d'Hamptoncourt,
triste maison de briques, cachée près de Londres.

Au Vatican, la première tapisserie que l'on
rencontre placée contre le mur gauche de la
galerie, en face des fenêtres donnant sur le
jardin particulier du Pape, représente la Mort
d'Ananias.

Admirable expression d'étonnement de ce
jeune homme à genou regardant Ananias qui

se débat sur le sol. Au dessus du profil de ce
jeune homme, sublime tête de femme qui d'horreur détourne un peu les yeux. Il n'y a pas dix
têtes de Raphaël plus belles que celle-ci. Tableau supérieurement composé : non seulement
on comprend à l'instant le sujet, mais encore
les yeux ont du plaisir à détailler les groupes.
Entre toutes les couleurs le rouge seul n'a pas
été dévoré par le tems. Admirable expression de
ces deux Apôtres distribuant des aumônes. Raphaël triomphe surtout dans les nuances légères
d'expression, on voit que tous ces Apôtres ont
l'âme en présence de Dieu.

Les ouvriers d'Arras ont mis aux joues et
à la bouche des personnages un rouge ridicule
aujourd'hui. Le bas-relief en grisaille placé au
dessous du tableau, doit être de Polidore de
Carravage, et relatif à l'histoire de Médicis.

II.

Jésus donnant les clés à S.ᵗ Pierre ; le quatrième Apôtre à gauche du spectateur, me rappelle bien le carton original d'Hamptoncourt.

Admirable variété dans les têtes. Le bas-relief représente le pillage de la maison de Médicis par les citoyens de Florence revoltés, ils emportent une statue brisée.

III.

S.ᵗ Paul déchire ses habits; il ne veut pas être Dieu : sacrifice d'un bœuf admirablement représenté. Crosse et jambes de bois de l'estropié que l'Apôtre vient de guérir. Raphaël fait laids les estropiés sujets du miracle.

Il est intéressant de voir dans le fond comment le peintre a compris l'architecture antique.

IV.

S.ᵗ Paul prêchant dans Athènes. Physionomies frappantes des gens qui écoutent; attention du vieillard la main sur la bouche; à l'autre extrémité de la vie, attention de la jeune fille à gauche du spectateur. Beau mouvement de S.ᵗ Paul. Jamais Raphaël n'a dessiné de personnages plus animés que ceux de ces tapisseries, et quelques uns des cartons d'Hamptoncourt me semblent supérieurs à bien des tableaux du maître. J'ai souvent regretté de ne pas pouvoir copier en porcelaine ces cartons, ils règnent dans ma mémoire.

V.

Après la Résurrection Jésus apparait déguisé en Jardinier à Madelaine. Ce sujet singulier n'a fourni qu'un tableau très-inférieur; porte noire du tombeau. Je ne le croirais pas de Raphaël.

VI.

Les Disciples d'Emaüs.... inférieur.

VII.

Présentation au Temple. Remarquez les colonnes torses et garnies de feuillages de vigne, comme étaient celles de l'ancienne Eglise de S.ᵗ Pierre. L'Enfant est joli. Ce tableau, quoique inférieur, vaut mieux que V et VI.

VIII.

Adoration des Bergers ; vaste tableau beau de dessin mais froid, couleur mieux conservée que la transmission des clés.

IX.

Ascension. Beau mouvement des Anges. L'Ange dans le ciel à gauche du spectateur me rappelle le S.ᵗ Michel de Paris. Les ouvriers d'Arras ont indignement estropiés les têtes, surtout celles de trois quarts, et le rouge vif des bouches en augmente le ridicule. Laideur de la figure attribuée au Christ, *pulcherrimus filius hominum.*

X.

Adoration des Rois. Vaste et magnifique composition. Ce tableau, peint à l'huile par Raphaël et ses élèves, serait supérieur à la Transfiguration, et au *Spasimo di Sicilia.* Vieillard rouge le doigt sur la bouche. Toutes les lignes formées par les gestes des personnages, portent le regard au Christ. Les ouvriers flamands n'ont pû gâter l'enfant Jésus. Cet ensemble laisse un long souvenir.

XI.

Jésus sort du tombeau, un drapeau à la main, soldats renversés. Tête du Christ moins gâtée que les autres; dans le lointain les trois Maries, sortant d'une ville. Singulière architecture de cette ville, j'y remarque plusieurs choses de la renaissance, entre autres des fenêtres *géminées*; gestes animés, comme dans un tableau du Tintoret.

XII.

L'Esprit Saint descend. Fort médiocre; composition plate.

XIII.

Au dessus de la porte, tableau en demi figures : S.' Paul frappe d'aveuglement Elima.

Tête admirable du personnage à gauche. de l'aveugle, et qui le regarde. Le magicien tournait en ridicule les prédications du Saint Apôtre, et cherchait à endurcir l'âme du Consul Sergius lequel était tenté d'embrasser le Christianisme.

XIV.

Tableau fort étroit, remarquable par la façon dont le peintre a exprimé le tremblement de terre, qui survint à Fillippes en Macédoine, alors que S.ᵗ Paul et Sila étaient dans la prison de cette ville. Un géant placé dans un antre secoue le sol. Au dessus, les Apôtres sont en prison.

XV.

S.ᵗ Pierre et S.ᵗ Jean guérissent un estropié. Beaux enfans, surtout celui qui porte deux colombes. Traits élégans de la femme tenant un enfant.

XVI, XVII, XVIII.

Massacre des Innocents. Le dessin de Raphaël, est beaucoup mieux conservé qu'ailleurs dans les trois parties de ce grand tableau. Les enfans surtout sont fort bien. Quant aux couleurs, les rouges seuls ont tenu contre le tems.

XIX.

Pêche miraculeuse. Etrange exiguité des barques; où pourraient se placer les jambes de l'Apôtre à genoux devant le Sauveur ?

Quant à la barque de gauche, où l'on voit des pêcheurs retirant avec effort un filet rempli de poissons, elle chavirerait à l'instant.

J'admire ces grands oiseaux pleins de grace sur le premier plan du tableau.

Ces oiseaux placés là paraitraient une bien lourde inconvenance à un peintre du 19.ᵐᵉ siècle. Les prétendus progrès des *convenances* sont encore une des causes de cette impuissance des arts qui nous afflige en 1840.

Je suppose que les grands artistes du
16.me siècle avaient une âme, et cherchaient
avant tout à plaire à cette âme. On voit le Dominiquin résister au ridicule ameuté contre lui
par Lanfranc. Cet habile intrigant bien venu des
Princes et du public, haïssait d'autant plus le
Dominiquin qu'il comprenait tout son mérite.

XX.

La Conversion de S.' Paul.

Cette tapisserie placée en face des précédentes peut facilement échapper au voyageur ;
elle mérite d'être vue, la composition en est
très-belle. Le groupe du Père Eternel rappelle
celui de Michel-Ange dans la Création de l'homme à la Chapelle Sixtine. On voit que la sublimité de ce groupe avait vivement frappé Raphaël. Malheureusement la figure de S.' Paul n'est
point à la hauteur du reste de la composition.

Beau mouvement des soldats.

Ces cartons sublimes dont sept seulement
subsistent encore, ont été faits en 1515 et 1516,

ainsi qu'on le voit par les régistres de la fabri-
que de S.ᵗ Pierre ; ils furent payés à Raphaël
434 ducats d'or (*). Vasari dit qu'ils sont tous
de sa main ; c'est ce dont il est permis de douter.
On croit que tous sont de sa composition ; toutefois la Descente du Saint Esprit sous forme
des langues de feu, parait bien médiocre pour
être d'un si grand homme.

Les cartons que j'ai vus à Hamptoncourt
représentent :

S.ᵗ Paul à Athènes.

S.ᵗ Paul et S.ᵗ Barnabas à Listri.

Ananias.

S.ᵗ Pierre et S.ᵗ Jean guérissant un estropié.
S.ᵗ Paul et Sila.

Le Christ donnant les clés à S.ᵗ Pierre.

La Pêche miraculeuse.

Les figures sont colorées et plus grandes
que nature. Quatre des dix-huit tapisseries sont
la moitié plus petites que les autres, savoir :

(*) Je voudrais bien qu'un homme de sens nous don-
nat la valeur en 1840 du ducat d'or de 1516. Il faut tenir
compte des nouveaux besoins imposés par la VANITÉ.

le Massacre des Innocents sujet divisé en trois; les Disciples d'Emaüs; et Jésus apparaissant à la Madelaine.

Il est probable que Jean d'Udine a travaillé aux accessoires : Paysages, oiseaux de la Pêche miraculeuse, etc.

En 1527, lors du fameux pillage de Rome, décrit par Jacques Bonaparte et qui dispersa l'Ecole de Raphaël, ces Arazzi furent volés ; ils tombèrent ensuite aux mains du Duc de Montmorency général des troupes françaises, et furent renvoyés à Rome sous Jules III vers 1552.

Les cartons ont été coupés par des lignes verticales, sans doute pour la commodité des ouvriers d'Arras. Charles I Roi d'Angleterre les avait acquis. A la dispersion des meubles du Palais qui suivit la mort de ce Prince, Cromwell les fit conserver. Sous Guillaume III ils furent collés sur toile et placés dans le triste Palais à la Hollandaise, que ce Prince fit construire près de Londres et qui lui rappellait sa patrie.

Je m'apperçois que j'ai oublié de parler d'un mal nécessaire : l'*Itinéraire de Rome* que

le voyageur place sur la banquette de devant
de sa caleche. Demandez celui de Nibby fort
savant homme mort en 1840; on imprime après
sa mort son Itinéraire de la Rome moderne.
L'Itinéraire de la Rome antique qui parut en 1838
est ennuyeux, parceque au lieu de donner au
lecteur le résultat de ses recherches, Nibby fait
un mémoire d'Académie, dans lequel il étale
l'histoire de ses recherches. On voit poindre la
vérité peu à peu.

CHAPITRE NEUVIÈME

Coup d'œil sur la Chapelle Sixtine.

C'est une immense Salle carré-long, éclairée par des fenêtres placées sur les côtés. C'est là que le Souverain Pontife entend la Messe les Dimanches pendant les six mois d'hiver.

Au dessous des fenêtres il y a de grands tableaux à fresque, dont plusieurs ont un peu de cette grace, que l'on trouve dans les fresques de Pinturicchio. Au fond de la Chapelle c'est l'immense Jugement dernier de Michel-Ange. La voûte et l'entre-deux des fenêtres forment un grand nombre de compartimens tous peints à fresque par Michel-Ange.

Les Courtisans amis du Bramante crurent perdre le sculpteur Florentin en lui demandant des tableaux. S'il obéissait, il faisait de mauvais ouvrages; s'il refusait, on le brouillait à jamais avec le Pape (le terrible Jules II). Michel–Ange pensa qu'il était beau d'être ainsi persécuté.

Comme il ne s'était jamais occupé des procédés matériels de la fresque, il appella les peintres les plus renommés dans ce genre, leur fit faire sous ses yeux plusieurs tableaux, puis les remercia, et fit détruire leurs ouvrages. Il s'enferma seul dans la Chapelle, et craignant la méchanceté infinie des amis, du Bramante, ne voulut jamais y admettre personne; il peignit en huit ans tout ce que nous admirons.

La plupart du tems il arrivait de grand matin apportant son dîner dans sa poche, et ne rentrait chez lui qu'à la nuit. Quand il eut terminé les tableaux de la voûte, il s'aperçut avec effroi que pour lire une lettre, il était obligé de la tenir audessus de sa tête dans une position horizontale, ce ne fut que peu-à-peu qu'il reprit la faculté de lire comme tout le monde.

Pendant tout ce tems là son âme était échauffée par son amour pour Victoire Colonne.

Je ferais un volume de 200 pages si je cédais à la tentation d'indiquer même en peu de mots, les beautés de la Chapelle Sixtine. Qui sent ces choses là aujourd'hui ? Il faut d'abord que l'étranger accoutume ses yeux à voir la fresque, en allant étudier l'Aurore du Guide au Palais Rospigliosi ; l'histoire de Psyché, et la Galatée à la Farnesina ; les fresques du Dominiquin et du Guerchin, à S.ᵗ André, à S.ᵗ Onuphre, au Palais Costaguti, et ailleurs.

Le Jugement dernier qui occupe la partie de la Chapelle où l'autel est placé, est probablement la plus grande peinture qui existe. Parmi tant de choses sublimes remarquez avec quelle adresse l'artiste a tenu les figures du haut du tableau, à droite et à gauche du Christ plus grandes que celles d'en bas, afin que le raccourci ne les défigurât pas trop. Michel-Ange s'est autorisé de l'exemple des anciens qui représentaient leurs Demi-dieux et les Héros d'une taille plus élevée que celle du vulgaire des hommes.

Si le Christ a l'air terrible, c'est que la religion de Michel-Ange était remplie de terreurs salutaires, il avait l'esprit préoccupé des supplices décrits dans l'Enfer du Dante son poète favori. Il avait chargé d'esquisses dignes de l'original les marges de son exemplaire. A côté du juge terrible admirez combien la Ste Vierge est dans le caractère de son sexe ; remplie d'une douce pitié, elle implore son Fils, et le supplie de ne pas appesantir son bras sur les malheureux réprouvés.

Admirez ce mouvement d'ascension à droite du tableau : les morts qui ressuscitent s'élèvent en quelque sorte par la légèreté de leur nouvelle enveloppe, jusqu'au ciel où ils vont être jugés ; tandis que du côté gauche où sont les damnés, tout tombe, tout est précipité vers l'enfer ; ces gens là sont sous le poids de leurs crimes. Au milieu est le groupe si souvent admiré des Anges sonnant la trompette ; à leur gauche voyez ce damné célèbre qui réfléchit à son sort.

M. Simon dans son voyage en Italie, trouve que les personnages du Jugement dernier ont

l'air de grenouilles. Beaucoup de gens pensent
comme feu Simon.

Les valets de place montrent une vengeance exercée par Michel–Ange : le Maître de Cérémonies de Jules II ne cessait de blâmer la
nudité de ces personnages, disant que cette sorte
de peinture était plus adaptée à des cabarets qu'à
la Chapelle du Souverain Pontife.

Michel–Ange plaça ce Maître des Cérémonies en enfer, il tient une bourse à la main
pour dénoter l'Avarice, autre belle passion du
personnage. Le portrait n'était que trop ressemblant, le Maître de Cérémonies se plaignit
au Pape qui répondit : — Si la chose se passait
dans le ciel ou sur la terre, j'y pourrais quelque chose ; mais la puissance qui m'est confiée
ne s'étend pas jusqu'aux enfers.

Les figures du Jugement dernier se détachent sur la couleur bleue du ciel. Vers le bas
du tableau il y a un peu de terre ; on voit les
morts sortir du tombeau, et à la droite du
spectateur la barque de Caron. Il y a trois siècles
la plupart des inventions du paganisme étaient

encore admises en Italie. Voir le poème du
Dante, et même ceux de Monti.

A la voûte Michel-Ange a placé dans des
compartimens, divers sujets tirés de la Bible.
Quant les yeux se seront accoutumés à voir la
fresque il faut s'armer d'une bonne lunette, et
bien se pénétrer de tout ce que présente de
sublime la *Création de l'homme*, ce morceau est
à mes yeux le point le plus sublime où l'art
moderne se soit élevé.

Je crois qu'il n'y a rien à lui comparer :
voyez cette forme d'homme jettée dans un coin
de notre terre, et Dieu qui en passant l'anime
du bout du doigt. Quelle rapidité, quelle puissance dans le geste du Père Eternel, il passe,
et sans daigner s'arrêter crée l'homme!

D'un autre côté quelle expression profonde
dans cet être qui éprouve les premières sensations de l'existence !

Ce morceau n'a rien qui puisse lui être
préferé ; il réunit tout, le sublime de la pensée,
et le sublime de l'exécution. Dans toute l'œuvre
de Raphaël, on ne peut lui comparer que les

guerriers célestes qui chassent les pillards dans l'Héliodore.

A la Sixtine, à côté de ce chef-d'œuvre on voit l'admirable Création de la femme. Si l'on ne trouve pas ici la sublimité que l'on admire dans le compartiment qui précède, c'est que le sublime ne se répète pas ; la peinture n'est point inférieure, mais la circonstance n'est plus la même.

Admirez les figures des Prophètes entre les fenêtres ; ils ont bien la dureté et la bouche impitoyable, qui souvent manque à certaines figures de Raphaël.

Rappellez vous le Moyse et la Coupole de S.' Pierre ; vous voyez que Michel-Ange a fait les choses les plus sublimes, et les plus chrétiennes en peinture, en sculpture, et en architecture. Ses œuvres poétiques lui donnent un rang fort distingué parmi les grands poètes de sa langue.

Les Prophètes et les Sibylles que le grand artiste a placés à la voûte, sont encore des œuvres d'une puissance de style extraordinaire. En voyant Michel-Ange personne ne pense pou-

24

voir l'imiter et l'atteindre ; c'est un géant qui nous terrasse, tandis que Raphaël bien que nous ne puissions jamais penser à l'égaler, nous laisse quelque espoir.

Ses modèles sont près de nous ; il semble que copiant la nature, avec la simplicité qui parait régner dans ses œuvres, nous nous approcherons de lui ; en d'autres termes, l'art est toujours oublié. Chez Raphaël, le peintre se cache modestement derrière ses productions ; Michel-Ange se montre avec toute la puissance d'un génie terrible, et désespère ses successeurs, Raphaël semble les encourager.

Les productions étonnantes de ce grand maître remplissent la Sixtine ; son génie n'est pas moins fécond qu'il est puissant. Remarquez au dessus des fenêtres dans une forme triangulaire, cette variété que l'artiste a sû mettre dans la composition de la Sainte Famille ; il l'a répetée au dessus de chaque fenêtre, et d'une façon toujours différente et toujours belle, essayez de choisir.

L'idéal de Michel-Ange c'était *la force;* de là son style terrible ; la tête de Jupiter *Man-*

suetus des anciens annonce la force et l'esprit de justice. Les têtes des statues modernes qui cherchent réellement à agir sur l'âme des contemporains, annoncent l'Esprit, la Sensibilité, la Justice, et enfin la Force, sans laquelle toutes les vertus sont inutiles. Je ne prétends pas vous dicter cette opinion, cherchez à voir si elle est fondée. Etudiez ce qui se passe dans votre âme devant la tête de l'Apollon et devant une tête heroïque de Bartolini, de Canova, ou de Pradier.

Comparez la tête du Persée de Canova à celle de l'Apollon.

Comparez la tête de Trajan, au buste de quelque prince moderne. Le pauvre sculpteur a voulu exprimer les Vertus modernes.

Chapelle de Nicolas V

Au Vatican.

———

On va chercher dans cette Chapelle des fresques de Fra Beato Angelico de Fiesole, né en 1387 presqu'un siècle avant Raphaël. Assurément sans aucune idée d'imiter le beau idéal antique, Fra Angelico est arrivé à des têtes d'une beauté charmante, et qui *n'a pas été surpassée.*

Il savait choisir les têtes des jolies femmes qui vivaient de son tems, et il avait l'art d'ôter les défauts qui pouvaient les déparer. C'était aussi le secret de Raphaël, comme on le voit dans une lettre de lui, que donnent toutes les biographies. Le Guide, né en 1575, est le premier peintre qui eut eu l'idée d'imiter le beau idéal antique, de là la froideur de ses figures.

Suivez, je vous prie, tous les tableaux de cette Chapelle de Nicolas V.

Le 1.er montre S.t Pierre qui consacre Saint-Etienne.

Le 2.d S.t Etienne distribuant des aumônes aux fidèles.

Le 3.me La Dispute du Saint avec les Hébreux.

Le 4.me S.t Etienne conduit devant le grand Prêtre.

Le 5.me S.t Etienne marchant au supplice.

Le 6.me Le Saint lapidé.

Les autres fresques nous donnent la vie de S.t Laurent.

1.º S.t Sixte II consacre Laurent.

2.º Ce Pape lui confie les trésors de l'Eglise.

3.º S.t Laurent distribue aux pauvres les secours de l'Eglise.

4.º Il est conduit devant l'Empereur.

5.º Il souffre la mort sur un gril.

Dans les huit niches sont peints les principaux Docteurs de l'Eglise grecque et latine, et à la voûte les quatre Evangelistes.

Nicolas V annonçait Léon X.

Bien peu de peintres ont pû retrouver l'expression de sainteté, et de pureté évangeli-que que le Beato Angelico sût donner à ses personnages. On fait de lui une histoire qui expliquerait la profondeur d'expression qui le caractérise. Fra Angelico était moine, comme le dit son nom ; un jour il ne parait point au réfectoire à l'heure du repas, on va le cher-cher dans sa cellule, on frappe, il ne répond pas, on force la porte et l'on trouve Fra Ange-lico étendu par terre et sanglotant, il avait commencé à peindre un Christ en croix, et dans son extase pleurait de tendresse et de recon-naissance en songeant aux sacrifices héroïques faits par le Divin Sauveur. Il faut être ainsi fait pour oser entreprendre des tableaux de piété! Peignez ce qui parle à votre cœur.

Il est difficile de porter plus loin la simpli-cité dans les physionomies, la vérité et toute l'expression qui peut se concilier avec la naï-veté de cœur. Les figures de Fra Angelico, n'ont point la tristesse repoussante et égoïste de plusieurs têtes du Pérugin, et d'André del Sarto. Voilà ce qu'on ne saurait trop étudier chez ce grand maître. L'homme né pour les arts ne peut revenir de son étonnement quand il songe que Fra Angelico vécut 100 ans avant Raphaël. Jusqu'où ne fut il point arrivé, s'il eut parû dans le siècle de ce grand homme, à l'époque où l'étude de l'antique avait fait déserter la maigreur qui dominait dans les formes, en 1490. Jusqu'où ne fut il pas arrivé s'il eut pû voir les peintres de Venise qui par la magie de la couleur montrèrent ce que l'art pouvait acquérir sous le rapport du relief, et du modelé.

Le voyageur qui commence à devoir des sensations à la peinture, doit chercher les ouvrages du Beato Angelico. La miniature que l'on est forcé à regarder de près, a quelque chose d'*intime* qui repousse l'ennui.

Raphaël n'a point égalé certaines têtes de Fra Angelico.

CHAPITRE DIXIÈME

GALERIE DU VATICAN

La Communion de S.ᵗ Jérôme
par le Dominiquin.

Le Dominiquin manquait de savoir faire,
et n'eut de son vivant qu'une réputation très-
secondaire. Au milieu du 17.ᵐᵉ siècle le Poussin
établit à Rome, que cette capitale du monde
chrétien avait trois chefs-d'œuvres :

La Transfiguration, la Communion de S.ᵗ Jérôme, et la Descente de Croix de Daniel de
Volterre.

Le S.ᵗ Jérôme triomphe par l'expression ; il
est impossible de la porter plus loin. Prêt à

mourir cet homme célèbre et si aimable, rassemble toutes les forces de son âme défaillante pour recevoir son Dieu. Sa figure exprime avec tant d'énergie le profond sentiment de conviction qui en a fait un Saint, qu'il ne paraît plus tenir à la terre que par de faibles liens. Son âme ardente s'élance déjà vers le ciel.

On pourrait desirer un peu plus de choix dans les formes des assistans, mais non pas plus d'expressions et de naturel.

Le paysage est admirable ; il est à regretter que le ton roux de l'impression de la toile ait un peu *repoussé.*

Le brocard d'or qui forme le vêtement du Prêtre est parfait, mais les draperies des figures qui soutiennent le Saint sont très-faibles, et ne paraissent pas du même pinceau. On admire dans ce chef-d'œuvre l'ombre transparente qui sépare si bien les deux groupes. Voyez la main droite du Saint et comparez-la aux mains des personnages de la Transfiguration. Quelle différence dans les deux systèmes !

La Transfiguration.

La Vierge de Foligno (voir le Chap. III).

Le Couronnement de la Vierge.

La Madonne de Monte Luce (j'en ai parlé à l'article Ouvrages de Raphaël existans à Rome, Chap. V).

S.ᵗ Romuald, *d'André Sacchi.*

Tableau savant et d'une belle harmonie; tous les personnages sont vêtus de blanc, et il a fallu une science profonde pour ne pas tomber dans le genre monotone.

C'est le chef-d'œuvre du maître homme médiocre.

Le Crucifiement de S.ᵗ Pierre
par Guido Reni.

Ce tableau est de la manière forte du Guide; il rappelle ce beau Massacre des Innocents

qui est à Bologne. Les personnages du Guide
ont un grand air de distinction, tandis que les
Saints des Carraches par exemple, ont souvent
l'air d'hommes de peine.

Le Guide, pressé par le besoin d'argent, a
quelquefois peu terminé ses ouvrages. Il jouait
la nuit, et il lui est arrivé de faire pour s'acquit-
ter jusqu'à trois tableaux en un jour. Il disait
qu'il avait deux cents manières différentes de faire
regarder le ciel, par une Madelaine ou par le
Christ. Guide Reni bien différent de ses contemporains Annibal Carrache, le Dominiquin, etc.,
vivait avec magnificence, et ne fut point payé
d'une façon ridicule. Annibal Carrache ne reçut
que 10 écus par mois (54 francs) pendant qu'il
peignait la Galerie Farnèse. On lui fournissait
la nourriture pour lui et pour un valet. (Voir
la curieuse histoire de l'Ecole de Bologne du
Comte Malvasia, intitulée *La Felsina Pittrice.*
Le Comte injurie Raphaël, on sent vivement à
Bologne).

La Déposition de Croix
du Carravage.

Force de relief incroyable, tableau peint avec une énergie qui a trouvé beaucoup d'admirateurs surtout dans ces derniers tems. Le Carravage sorte de scélérat méprisait profondément la prétendue noblesse des peintres ses contemporains : le Cavalier d'Arpin et autres faibles imitateurs de Raphaël qui lui rendaient ses mépris. Son tableau de S.ᵗ Mathieu qui de la Galerie Giustiniani a passé à Berlin fut refusé comme trop laid. Il avait pris pour modèle de la figure de l'Apôtre S.ᵗ Mathieu le premier mendiant passant dans la rue. Non seulement il ne cherchait pas l'idéal comme le Guide, il ne cherchait pas même les belles figures pour les copier. Dans le tableau qui nous occupe, la jeune fille qui a les bras en l'air est horriblement laide ; mais le Christ n'a pas cet air faible et timide que lui donnent le Pérugin et les peintres de Florence.

La Madelaine, *du Guerchin.*

Tableau qui serait aussi célèbre que la Communion de S.ᵗ Jérôme, si les demi tein-tes ne s'étaient pas rapprochées de la couleur *brique-foncée.* Songez à ce qui se passe dans le cœur de la Madelaine, et que le peintre a sû rendre avec tant de vérité. Comprenez l'expres-sion de la Sainte à la vue des cloux qui ont servi au supplice du Sauveur, admirez la céleste beau-té des Anges qui les lui présentent. Et ces Anges n'accusent point de ces âmes glacées que nous trouvons chez les Anges créés au 19.ᵐᵉ siècle. Ce tableau est plein d'amour.

Le Guerchin excellait dans l'expression de la tendresse ; voir l'Agar à Milan, et l'Ecce—Homo du Palais Corsini.

La Résurrection de Notre Seigneur
de Pierre Pérugin.

On dit que dans ce tableau, le Pérugin à peint Raphaël, c'est la figure du soldat endor-

mi; et Raphaël de son côté aurait fait le portrait de son maître, c'est le soldat effrayé qui
est dans le fond du tableau. Propos de Cicérone.

La plupart des soldats ont l'air triste et
timide. On pourrait écrire dix pages sur chacun
de ces tableaux du Vatican ; mon but est seulement de les indiquer au voyageur.

La Madonne et les quatre Saints
par le Pérugin.

Les têtes fort bien peintes expriment la tristesse et la crainte inspirée par la terrible pensée
de l'enfer. L'expression si pure des Saints est
très-remarquable, la Vierge et l'enfant Jésus
laissent à désirer, mais le coloris si fort et si
chaud de ce tableau, ainsi que le fini si bien
entendu, en font sans contredit un des plus beaux
et des plus parfaits ouvrages de ce maître.

On dirait que la lumière lancée par un
soleil couchant passe à travers un nuage couleur d'orange.

Les accessoires accusent une timidité patiente. Comparez à la Madelaine allant le matin au tombeau de Jésus, et à S.ᵗ Thomas du Guerchin, tableaux remplis d'âme, d'un peintre qui le plus souvent n'est qu'un ouvrier ; vous verrez que l'âme n'est pas inutile à un artiste, mais quelquefois elle donne des ridicules.

BELLE FRESQUE DÉTACHÉE DU MUR
de Melozzo de Forlì.

Elle ornait l'ancienne Bibliothèque du Vatican.

Admirez la vérité des ombres, comparez les aux ombres des objets réels que votre œil rencontre dans cette salle. Les physionomies ont bien la férocité du tems.

Bibliothèque du Vatican.

—

Il faut voir à la Bibliothèque du Vatican :

1.º Les fresques des voûtes assez amusantes.

2.º Les miniatures du Virgile et du Térence. Quelques savans prétendent retrouver dans ces manuscripts les costumes des anciens.

3.º Le portrait de Charlemagne, triste physionomie pour un héros.

4.º Les Noces Aldobrandines.

Les Noces Aldobrandines, méritent toute l'attention du voyageur ; c'est une gloire déchue ; cette fresque antique était fort célèbre avant la découverte de Pompeïa. Depuis, les Noces Aldobrandines si vantées par Winkelmann Mengs etc. etc., ont été éclipsées par le Thésée recevant les actions de graces des jeunes Athéniennes après la mort du Minautaure (Musée de

26

Naples). A voir le grandiose de ces peintures antiques, que devaient être les ouvrages d'Apelle, de Zeuxis, de Parrhasius?.... N'est-il pas naturel de juger des tableaux des anciens par le degré de perfection de leurs statues et de leur architecture ?

Parmi les mille tableaux antiques réunis au Musée de Naples beaucoup sont mauvais, mais c'est un genre de médiocrité qui fait illusion, cela n'est pas le *mauvais moderne,* nous ne sommes pas accoutumés à hausser les épaules devant de telles choses. C'est le contraire de l'afféterie des *keepsakes* et des lithographies. Beaucoup de véritables artistes sont fous de ces tableaux trouvés à Pompeïa et à Herculanum, leur imagination enflammée leur prête toute la beauté sublime des statues.

GALERIE DU CAPITOLE

Je conseillerais aux voyageurs qui vont voir les Galeries, de ne pas user leur yeux et leur attention sur les ouvrages de second ordre.

Au Capitole il faut regarder avant tout : Ariane et Bacchus dans l'île de Naxos, tableau du Guide arrangé comme un bas relief, et où brille l'élégante froideur qui le caractérise.

S.ᵗ Sébastien du Dominiquin. Ce petit tableau fait plaisir aux yeux; toutefois, contre l'ordinaire du peintre Bolonais, la tête manque de profondeur et de résignation. Le Sueur eut sans doute mieux fait; mais ni le Sueur ni aucun peintre français, n'eut pû faire ces yeux.

Rémus et Romulus avec la louve de Rubens. La fourrure de la louve est admirable, en revanche les enfans n'ont point l'air de héros futurs. N'est ce pas bien là le caractère de l'Ecole Flamande, perfection dans ce qui ne tient pas à l'âme?

Michel-Ange vêtu de damas noir, portrait ressemblant, et de plus, dit-on, fait par lui même ; il est permis de douter de cette dernière circonstance.

L'enlèvement d'Europe de Paul Véronèse, scène amusante et bien peinte ; Europe est représentée en trois situations différentes ; on trouve ici toute la finesse de ton de ce grand maître, et la charmante physionomie vénitienne, sans rancune et sans tristesse. C'est absolument le contraire des têtes du Pérugin, et des premiers maîtres de Florence.

Le triomphe de Flore du Poussin, figure gracieuse de la Nymphe qui cœuille une fleur. Sibylle Persique du Guerchin, admirable, cependant les yeux sont rouges et les mains semblent appartenir à un crocheteur, l'expression de la tête et la couleur font oublier tous ces défauts. Sibylle du Dominiquin ; remarquez les yeux.

La Ste Pétronille, tableau capital du Guer-chin ; proportions colossales, sujet admirable, et bien autrement touchant que la Transfigura-tion ou la Communion de St Jérôme.

Un jeune homme habillé comme on l'était au 16.me siècle, revient de voyage pour épou-ser Pétronille qui l'aimait ; il arrive au moment où l'on enterre sa maîtresse. La tête de la jeune fille parait encore hors de la fosse. Brisé par la douleur le jeune homme, à droite du spectateur demande des détails à deux personnages, dont l'un porte un turban. Le premier plan est oc-cupé par la belle tête de Pétronille : deux hom-mes descendent le corps au tombeau.

A gauche du spectateur, douleur des fem-mes qui ont accompagné l'enterrement. Le sujet serait trop affreux, si dans le ciel l'on ne voyait l'âme de la Sainte reçue par Jésus Christ. Ad-mirable physionomie du Sauveur, que je pré-fère aux Sauveurs de Raphaël.

La force des clairs et des ombres, a pro-duit un défaut : à distance cet immense tableau parait scmé de taches blanches.

S.ᵗ Pierre en possède une copie en mosaïque ; c'est le chef-d'œuvre de la mosaïque.

Bon portrait de Savonarole regardant le bucher ; autre bon portrait de ce grand homme au Collège Romain. Son mot au Médicis régnant.

CHAPITRE ONZIÈME

GALERIE SCIARRA

LE JOUEUR DE VIOLON
peinture à l'huile de Raphaël.

C'est peut-être le portrait le plus parfait qui existe ; on dit que ce jeune homme était ami intime de Raphaël, et que c'est par reconnaissance pour les momens agréables qu'il devait à son violon que le grand maître a mis un violon à la main de l'Apollon du Parnasse.

Comme je l'ai dit ailleurs, on voit par la gravure de Marc'Antoine, que l'Apollon, dans le premier carton du Parnasse jouait de la lyre.

Au reste le musicien du Palais Sciarra a une
mauvais physionomie.

J'ai déjà parlé de ce Joueur de violon.

PORTRAIT DE FEMME ADMIRABLE
par le Titien.

On dit que c'est celui de sa maîtresse. Quelle
transparence dans les ombres, quelle dégrada-
tion insensible dans les teintes ! la couleur de
la peau dans les ombres, et dans les mains bien
que sous une demi-teinte est aussi belle, aussi
blanche, que sur cette poitrine si brillante ;
quelle simplicité dans le coloris, et quelle vérité ! Quel art dans la distribution de la lumière,
comme tout concourt bien (ainsi que je l'ai indiqué en parlant de la Vénus de Florence) à
faire paraître les chairs douces et unies. Admirez encore comme cette figure est bien détachée du fond, vrai chef-d'œuvre. Je recom-
mande ce tableau à l'attention du jeune peintre
arrivant à Rome. Comparez cela au coloris de
Paris.

La Modestie et la Vanité
de Léonard de Vinci.

Les tableaux de ce maître sont si rares que le voyageur aura du plaisir à étudier celui-ci, par malheur ce n'est pas un des plus beaux ; mais il est authentique. Vous trouverez deux belles demi-figures de femmes, l'une parée, et un peu coquette, l'autre plus simple et assez modeste.

Le voyageur trouvera dans ce petit tableau tout le précieux et le fini de Léonard ; admirez surtout la tête de la Vanité, quel modelé, quels yeux, et surtout quelle finesse d'expression ! C'est là le cachet de ce grand peintre d'autant plus aisé à reconnaître que personne n'en approche.

Comparez ces deux têtes avec celles des tableaux voisins et sur le champ vous verrez le grand homme. Il réfléchissait des années entières à ses tableaux, aussi quelle harmonie règne dans tous les traits de ses figures !

27

Admirez ces yeux, et l'expression tendre, mé-
lancolique, un peu voluptueuse qui fait le char-
me de ses têtes de femme. Il avait formé son
beau idéal en Lombardie où Ludovic Sforce, cet
usurpateur aimable, mort prisonnier à Loches,
l'avait appellé. Ce Prince avait avec lui des
Duels d'esprit.

Ce fut à Milan que François I trouva Léonard de Vinci qu'il emmena en France ; ce peintre, l'homme le plus aimable de son siècle,
excellait dans tous les arts.

A vrai dire il ne fut pas coloriste ; la couleur est pauvre à Florence. Le tems a dégradé
ses tableaux qui sont maintenant couleur de
sepia. L'incurie des Moines a fait périr la Cène
du Couvent des Graces à Milan. Des soldats
mirent en pièces, dans la citadelle de Milan, le
modèle du cheval colossal, et toutefois Léonard
est au premier rang de ces beaux génies que
l'Italie a donné au monde depuis Masaccio jusqu'au
Guerchin le dernier mort des grands peintres.

En promenant dans les rues de la petite
ville de *Correggio* vous rencontrez à chaque

instant, les Madonnes du Corrège, tout comme
à Milan sous les maronniers de la *Porta Renza,*
vous trouvez les divines *Hérodiades* de Léonard.
Luini (*) et Salaj furent ses élèves.

Trouvant un jour qu'il se promenait avec
ses jeunes amis, de beaux oiseaux que des mar-
chands transportaient dans de grandes cages
pour les vendre, il les acheta afin de leur rendre la liberté ! C'est ainsi qu'il cultivait le sentiment du *beau* chez ses élèves.

Je dirai sur la Galerie Sciarra qu'il est rare
de trouver réunis dans une même salle, trois
ouvrages à peu-près du même genre, tels que
le Joueur de violon, la Modestie et la Vanité,
et le portrait du Titien.

Comparez attentivement les moyens divers
par lesquels trois grands artistes sont arrivés
à porter au plus haut point le sentiment du
beau dans l'âme du spectateur.

(*) Voir à Saronno sur la route de Milan à Come une
admirable chapelle à fresque de Luini. Il est froid comme
Philippe de Champagne.

Voyez quelle est l'influence de leurs moyens
d'imitation sur le caractère de leurs ouvrages.
La finesse de Léonard de Vinci manque tout-
à-fait au Titien, et en revanche le peintre de
Florence n'a point l'animation sensuelle du Titien.

D'un autre côté le portrait du Joueur de
violon pourrait être de Léonard, dont les femmes
n'ont pas la *passion sérieuse* des Madonnes de
Raphaël.

L'amateur ordinaire fait attention au *singu-*
lier, et en vieillissant tourne à l'*Archéologue*.
Dans un bas relief représentant l'histoire de
Niobé et la vengeance d'Apollon, il remarque un
personnage de plus.

L'amateur qui a de l'âme, cherche le *beau*
et s'arrête sous les maronniers de Milan, quand
il rencontre une tête d'Hérodiade, il a plus de
plaisir, mais il ne sait pas briller dans la con-
versation en jetant une *date*, ou un fait sec.
Si vous réfléchissez sur les différences qui existent entre les têtes de *servantes* de *Sasso Fer-*
rato; les belles femmes fesant l'amour de Léonard ; les femmes passionnées du Corrège, et

les Madonnes comprenant Dieu et sa Majesté
infinie, de Raphaël; les belles têtes de femmes
rencontrées dans la rue, vous jetteront dans
une rêverie profonde. Chose singulière! les sens
seront pour peu de chose dans cette rêverie,
du moins directement. Le voyage à Rome enseigne cette rêverie aux gens de bonne foi.

Cette Galerie possède encore:

Quatre petits tableaux de Claude Lorrain.
Deux de la première manière un peu froids de
ton, toutefois celui du côté de la fenêtre est
d'une finesse remarquable.

Des deux Paysages de la seconde manière,
celui désigné comme vue du lac de Bracciano
au soleil couchant, est d'une grande beauté.

Les deux Madelaines du Guide, montrent
combien ce peintre si élégant aimait à copier
les têtes des Niobé.

Une Madonne et deux Saints de Francesco
Francia. C'est l'Holbein de l'Italie, exact avant
tout.

Une Sainte Famille d'après un dessin de
Michel-Ange, qu'il faut étudier.

La vue du *Gesù* grande Eglise de Rome,
remplie d'une foule de Romains, tels qu'ils
étaient en 1600. Ce tableau est fort intéressant,
il a de la couleur et puis il nous donne une
idée exacte des costumes et des façons d'être
de ce tems là. L'artiste voulant montrer l'Eglise
telle qu'elle est réellement, a supposé le mur
de façade abattu. Sans cette précaution il arrive
toujours que les peintures ou dessins représentant des intérieurs de monumens, les montrent
infiniment plus larges qu'ils ne sont dans la
nature, et toutefois ces dessins ne manquent
point d'exactitude.

Ce défaut apparent est une conséquence iné-
vitable de la position où se trouve placé l'artiste
quand il s'occupe de ce travail; comme il doit
être nécessairement dans l'intérieur de l'Eglise,
son point de vue n'embrasse dans son ensemble
que la partie du fond, et il doit renverser la tête
pour voir la partie du plafond, qui est au dessus
de lui. Il doit pareillement se tourner à droite
ou à gauche, pour voir les côtés de droite et de
gauche, qui sont sur la même ligne que lui.

Tout cela constitue trois points de vue différents du véritable qui est au fond.

La perspective enseigne au peintre, qu'il doit tirer ses lignes jusqu'au devant du dessin, jusqu'au plan que lui même il occupe, il résulte de là que l'artiste représente le monument dans son entier, tel que nous *ne le voyons jamais*, c'est-à-dire d'un seul point de vue, ce qui ne peut exister, qu'en supposant ainsi que l'a fait l'artiste de la Galerie Sciarra, que le mur de la façade n'existe pas, et que nous sommes assez reculés pour embrasser d'un seul coup d'œil tout l'intérieur du monument.

Je demanderai au voyageur de donner quelque attention à ce tableau qui a le mérite d'ailleurs de représenter la Cour du Souverain Pontife telle qu'on la voyait en 1600.

Les figures sont d'Andrea Sacchi et l'architecture de Galiano.

CHAPITRE DOUZIÈME

GALERIE DORIA

(SUITE DES GALERIES DE ROME).

PORTRAIT D'ANDRÉ DORIA

peint à l'huile par Sébastien del Piombo ;
tableau du premier ordre.

On voit par quelle simplicité de *tons* les
Vénitiens sont arrivés à imiter d'une manière
admirable le coloris de la nature ; le voyageur
verra bien ici, que cette école si savante dans
la couleur, ne cherchait point l'éclat par la vivacité des clairs ; on dirait au contraire que ses
portraits sont toujours *au second plan ;* en effet
pourquoi met-on une bordure aux portraits ?
pour faire sentir que le portrait est en arrière

28

du cadre. L'exagération des clairs produit un effet contraire, c'est-à-dire que les portraits paraissent souvent plus en avant que les bordures, pourtant on les a mises avec l'intention de repousser le tableau. Les Vénitiens avaient horreur de cet inconvénient, aussi ont-ils peints leurs portraits dans le *ton juste* que la distance qui existe entre l'artiste et le modèle, apporte dans la modification des clairs et des couleurs. C'est là une des sources de cette grande simplicité de teintes, par laquelle ils sont arrivés à ces belles masses qui caractérisent leurs ouvrages, et les rendent si imposans.

Je m'arrête; je serais tenté d'écrire 50 pages. Au dessous de ce portrait sublime, l'artiste a placé un bas relief, représentant une galère armée, c'était nommer André Doria.

Remarquez un beau Portrait de Jansénius du Titien.

Un Portrait de la première Femme de Rubens, par ce grand coloriste.

Le Sacrifice d'Isaac, par le Titien.

Un beau Paysage de Claude Lorrain représentant la Fuite en Egypte.

Esquisse du Corrège.

Cette esquisse représente un sujet inintel-
ligible (on dit les quatre Vertus Théologales,
rendues d'une façon payenne). Elle est du plus
haut intérêt, en ce qu'elle nous montre la façon
dont ce prince des coloristes commençait ses
tableaux. Cette esquisse est peinte à la détrempe, d'un ton tirant sur le gris, le tout généralement *plus clair* que la nature, afin de pouvoir
revenir avec des tons foncés, et de façon à ce
que l'empâtement qui est en dessous soit recou-
vert par *des tons transparens.*

On voit ce résultat dans les têtes qui sont
plus terminées.

On ne saurait trop méditer sur les moyens
employés par l'homme qui a porté au plus haut
point l'art du clair obscur.

On dit en Italie: Raphaël, le Corrège et le
Titien. Quant à moi j'admettrais le Dominiquin
dans ce rang suprème.

Cette Galerie possède le chef-d'œuvre de
Claude Lorrain, le *Moulin*, placé trop haut et
trop près de certains paysages vigoureux d'Annibal Carrache.

Ce tableau dans son genre, est sur la même
ligne que la Transfiguration, le S.ᵗ Jérôme du
Corrège, et la Communion de S.ᵗ Jérôme.

Cette Galerie possède en outre cinq tableaux
de Claude Lorrain. Le Temple de Delphes de
même grandeur que le Moulin, ne lui cède
guères.

Claude Lorrain, comme le Corrège, est un
peintre duquel personne n'a pû approcher ; ses
imitateurs ont glissé dans le genre fade. Le
Lorrain né en 1600 à Nancy, mort en 1682.
M. Boguet, bon paysagiste, mort à 84 ans en 1839,
a laissé une admirable copie du Moulin. Ce
chef-d'œuvre fut volé et repris à 15 lieues de

Rome ; on ne permet pas de copier les tableaux de cette Galerie.

Le Lorrain a choisi les plus belles formes et les plus belles heures du jour ; ses sites sont admirables, il vous offre constamment l'aspect d'un pays tranquille orné de belles fabriques. Il n'aspire point aux effets tumultueux. Ses arbres sont magnifiques et le vent ne les tourmente point ; jamais d'effets forcés. Le ciel est pur ; dans ses ouvrages point de moyens presqu'artificiels pour séduire, tout est simple, tout est beau: ciel, lontains, premiers plans, arbres et fabriques, c'est la nature dans toute sa tranquille beauté ; mais c'est en même tems la perfection sublime qu'il faut pour ne point tomber dans le genre froid et ennuyeux. C'est aussi la *hauteur du style* qui empêche-les statues de femmes sans vêtemens, des anciens, de choquer la pudeur.

Le Musée de Paris a un beau coucher de Soleil de l'artiste Lorrain.

La Galérie Doria a vingt ou trente beaux paysages de Gaspard Poussin, qui ne changeait presque rien à la nature des environs de Rome.

Ce sont comme des vues au Daguerrotype. Ces beaux ouvrages sont mal éclairés.

J'ai déjà parlé du sublime portrait de Baldo et Bartolo que l'on dit de Raphaël ; le portrait d'Innocent X par Velasquez est presque au même rang. Ce qui est singulier dans un portrait de Souverain, les mains sont seulement indiquées. On remarque ici de bons Garofolo ; on peut étudier un excellent portrait de ce philosophe non hypocrite, et maudit de tons les hypocrites dont il gâte le métier, Machiavel.

CHAPITRE TREIZIÈME

GALERIE BORGHÈSE
(SUITE DES GALERIES DE ROME).

C'est la plus belle et la mieux tenue de Rome, après le Vatican. Chaque Salle a un écran, sur lequel est imprimée la liste des tableaux.

PREMIÈRE SALLE.

Tableau N.° 5, du GIORGION.

Les tableaux du Giorgion sont si rares et ce peintre occupe une place si élevée dans l'opinion des vrais connaisseurs, qu'il faut exa-

miner avec soin tout ce que l'on rencontre de
lui. Ce tableau nous montre David qui présente
la tête de Goliath au Roi Saül ; il est d'une
très-belle couleur ; mais moins terminé, plus
heurté que d'autres portraits de ce maître. Je
trouve bien ici cette teinte chaude qui caractérise ses ouvrages. Le Giorgione eut la couleur
du Titien, et plus de feu. Voyez la Galerie
Manfrin à Venise , où il bat le Titien (Portrait
de la Reine de Chypre).

Voyez surtout le Satyre poursuivant une
jeune femme, du Palais Pitti.

Tableau N.º 23, *de* Paul Véronèse.

S.ᵗ Jean dans le Désert, de Paul Véronèse,
tableau peu terminé, mais qui surprend par la
lumière éclatante qui environne tous les objets.
Cette qualité se retrouve dans tous les ouvrages du Véronèse. Comment y est–il arrivé ? On
a dit qu'il ébauchait ses tableaux à l'acquarelle,
et les terminait à l'huile, ce qui n'est point
prouvé. Tous les peintres de l'Ecole de Venise

étant coloristes, il est à croire qu'ils avaient un procédé que les peintres de Florence par exemple, ne connaissaient point.

En général les chairs des tableaux de Paul Véronèse sont ébauchées d'un ton plus froid que celui qu'elles présentent étant terminées, les clairs sont plus blancs, et bien empâtés ; il revenait sur cette ébauche avec des *couleurs transparentes*, et le dessous lumineux paraissait toujours, voilà ce qui donne à ses tableaux bien que vigoureux, cette clarté admirable. Elle est dûe à la transparence des teintes supérieures et à la lumière répandue sur l'ébauche. Si Paul Véronèse ébauchait à l'acquerelle il n'employait donc qu'une moindre quantité d'huile, et surtout ne couvrait pas les couleurs de l'ébauche avant qu'elles ne fussent bien sèches. De nos jours notre peinture noircit parceque la superficie seule des couleurs à l'huile est sèche quand on les recouvre. Il arrive de là que les couleurs enfermées sous une seconde couche qui seule est en contact avec l'air, étant en grande partie composées d'oxides, et soumises à l'action de la

29

partie grasse de l'huile, subissent une continuelle oxidation, qui les pousse au noir.

Je ne suis pas assez chimiste pour assurer que les choses se passent précisément ainsi, la phrase précédente n'est qu'une question que j'adresse aux chimistes.

Des observations suivies pendant 20 années m'ont donné la conviction qu'on ne peut arriver au beau coloris, que par les moyens qu'ont employés les peintres de Venise et de Hollande ; je ne jurerais pas que tous aient eu la même méthode d'ébaucher, mais tous ont eu la même constance dans l'emploi des couleurs transparentes pour donner la dernière touche à leurs ouvrages.

Les deux grandes ébauches de Rubens que l'on conserve à Florence, celles du Titien que l'on voit à Naples et à Venise, celles de Paul Véronèse et du Corrège offrent toutes l'indications de procédés analogues, ceci n'exclut point ce que j'ai dit plus haut relativement aux teintes chaudes sous les teintes bleues.

Si le ton de la préparation des toiles n'était pas celui qui convenait aux grands coloristes,

soit pour leurs ciels, soit pour leurs draperies,
ils y suppléaient par une première teinte presqu'à plat, qu'ils étendaient sous les parties du
tableau destinées à devenir bleues etc. Pour
qu'un ciel bleu soit léger, *ait de la profondeur*,
il faut que le bleu soit appliqué sur une teinte
chaude et tendant *au rouge* si l'action se passe
à midi ou le soir; et *au nankin* seulement si
l'action se passe le matin. Ce qu'il y a de sûr
c'est qu'une draperie ou tout autre objet exécuté
de cette façon, dont on aurait enlevé une partie,
ne peut être restaurée que *par les mêmes moyens*,
il faut nécessairement ébaucher, et revenir
comme a fait le grand maître; tout ce qu'on veut
faire au *premier coup* (terme de l'art) est pe-
sant, et fait tache, c'est ce dont chacun peut faire
l'expérience. Et je prie de croire seulement à
l'expérience.

Mais revenant à l'ébauche de Paul Véronèse
dont je me suis bien éloigné, voyez comme la
femme qui est sur le premier plan s'enlève bien
sur le groupe de S.ᵗ Jean, et pourtant ce groupe
paraît clair aussi. Tel est suivant ma conviction,

l'avantage d'une ébauche bien conçue, on arrive à la transparence, qui empêche la lourdeur de ton. Ce cruel défaut provient selon moi moins de la vigueur du ton en elle même, que du manque de transparence.

Voyez l'état déplorable où se trouvent en 1840, les tableaux exposés au Louvre vers 1810.

Seconde Salle.

Déposition de Croix, *de Benvenuto Garofolo.*

Le Garofolo ne fut point élevé dans une école coloriste, et cependant il a cherché la couleur ; mais il y a *pesanteur* et *dureté* dans ses tons, comparés à ceux de l'Ecole de Venise. Je suppose qu'il n'employait point le procédé de Paul Véronèse, et des autres coloristes.

Cette Déposition offre une grande vigueur de ton, peut-être trop ; la tête de S.' Jean et le fond sont très-bien. En souvenir de son nom Garofolo (œillet) ce peintre place souvent un œillet au coin de ses tableaux. Toutes les têtes

de femme sont le portrait de sa maîtresse. La
Galerie Borghèse a 32 Garofolo.

LA CHASSE DE DIANE
l'un des chef-d'œuvres du Dominiquin.

La joie, le sérieux de 16 ans de toutes ces
jolies têtes de jeunes filles sont rendues d'une
manière admirable. La jeune fille assise dans
l'eau ne demanderait qu'un peu plus de finesse
dans le dessein des jambes; l'ombre portée qui
les couvre manque de transparence, et fait un
peu tache; le bleu domine dans quelques demie-
teintes et fait tache aussi.

La figure qui me plait le moins est celle
de Diane; elle manque un peu de cette dignité
sévère que la statue des Tuileries nous a accoutumés à chercher chez la sœur d'Apollon. Du
reste on voit le caractère de chacune des Nymphes qui forment sa cour. Que d'innocence!
Que de physionomie!

Num.º 34.

JÉSUS, LA FAMILLE DE ZÉBÉDÉ ET LES APÔTRES
de Bonifazio.

Belle figure de l'homme qui a la main sur la poitrine. Nous avons ici un brillant échantillon de toutes les qualités qui distinguent l'Ecole de Venise : force, chaleur de ton, harmonie parfaite.

Bonifazio fut élève du Titien, et la plupart des Galeries présentent ses ouvrages sous le nom de son maître.

TROISIÈME SALLE.

Num.º 35.

LES TROIS GRACES, du Titien.

Si l'on me passait le terme je dirais que ce sont de bonnes vivantes.

On ne peut mieux imiter les chairs ; elles sont ici d'une beauté de ton, et d'une vérité vraiment extraordinaires, mais ne cherchons dans les maîtres coloristes, ni la beauté des formes, ni l'élévation dans le dessin; c'est une imitation parfaite de la nature, c'est un miroir, mais le plus souvent ce miroir répète des formes on dirait prises au hasard.

Si le Titien avait étudié les Graces de la Sacristie de Sienne, ces figures auraient une toute autre noblesse; mais son âme ne voyait pas l'antique.

Remarquez toutefois que les statues antiques ne donnent pas l'expression du rang. Les têtes de femme des peintres de Venise expriment une tranquillité voluptueuse sans mélancolie, ce qui devient facilement *commun*. Tandis que la volupté de Léonard de Vinci mélangée de mélancolie, arrive à l'amour et au sublime.

Num.º 2.

S.ᵗ Antoine qui prêche aux poissons
de Paul Véronèse.

La figure du Saint se détache ou s'enlève fort-bien sur le ciel, les hommes qui écoutent ont des mines horriblement vulgaires, le fond est très-beau, la mer présente bien l'idée de l'immensité ; mais toutes ces têtes de poissons qui écoutent donnent des distractions.

Quatrième Salle.

Num.º 1.

La Descente de Croix, de Raphaël.

C'est un des tableaux capitaux de la jeunesse de ce grand homme. J'y ai couru en entrant. Les amis du Christ le portent au tombeau ; cette Descente de Croix est de la seconde manière, comme le Spasimo de Sicile. La simplicité du coloris laisse triompher sans distraction dans l'âme du spectateur, la force et la sublimité de l'expression. Le hasard a produit un singulier rapprochement; vis-à-vis le tableau de Raphaël se trouve cette Descente de Croix de Vandyck qui devint si célèbre à Rome, lorsque l'on s'apperçut que l'un des personnages ressemblait à Napoléon.

Le tableau du peintre flamand est un chef-d'œuvre de coloris, comme celui de Raphaël est un chef-d'œuvre d'expression.

Ici chacun peut lire dans son cœur, et voir ce qui le touche le plus de l'expression ou de la couleur. Quant à moi je suis tout à fait pour l'expression. La gravure rend seulement ce genre de mérite, le coloris et le clair-obscur lui échappent, delà une partie de la gloire de Raphaël. Un autre bonheur de ce grand homme, c'est que ses ouvrages ne perdent rien à être regardés à deux pas de distance.

Num.º 4.

Les deux Apôtres que l'on donne comme
étant de la jeunesse de Michel-Ange, ont bien
le caractère qui distingue ce maître, les têtes
sont petites, mais ces Apôtres annoncent, ce
me semble, les Prophètes de la Chapelle Sixtine.

Ils sont sur fonds d'or ; c'est un des derniers exemples d'un usage ancien qui se perdait.

Admirez une foule de S.ᵗ François et d'autres belles têtes de l'Ecole de Bologne.

Num.º 9.

LA DÉPOSITION DE CROIX, *de Vandyck.*

La force des ombres est outrée et l'effet
n'est produit qu'aux dépens de la vérité ; la
tête de la Madelaine est belle mais *sent la manière,* elle aurait un succès de beauté à l'exposition de Paris. Je ne comprends pas comment
la draperie rouge de la Vierge donne au bras

un reflèt d'un *ton plus vif,* qu'elle n'est elle
même. Cette fausseté, je le conçois, est un moyen
d'éviter la dureté dans le passage d'un ton à
un autre; mais rien de faux ne peut durer dans
les arts comme dans les écrits.

Num.° 38.

La célèbre Sibylle ou S.te Cécile
du Dominiquin.

Les yeux sont d'une beauté bien étonnante,
la couleur générale semble un peu pesante à
côté des Titiens.

Cinquième Salle.

Num.° 2.

La Naissance du Christ, *de Lorenzo di Credi.*

Ce tableau me parait un des beaux de ce
maître dont on voit tant d'ouvrages à Florence.

La tête de la Vierge approche un peu de la
belle expression des Madonnes de Raphaël, j'y
voudrais un peu plus de beauté ainsi que dans
l'enfant Jésus. La figure de S.ᵗ Joseph et le fond
sont très-bien. On ne conçoit pas en vérité comment un peintre ne prend pas pour ses tableaux,
les têtes des trois ou quatre plus jolies femmes
du pays où il vit.

Num.º 14.

Les époques de la vie de l'homme
de Sassoferrato.

Le groupe de l'homme et de la jeune femme est naïf et très-gracieux; il manque d'élévation dans le dessin, mais la couleur des figures
est bonne.

Comment expliquer chez Sassoferrato comme dans l'Albane, la lumière si vive sur les
chairs, tandis que les terreins qui les avoisinent
sont si sombres? c'est une affectation et une
fausseté. Les Madonnes de Sassoferrato sont des

paysannes vulgaires et assez jolies. Son âme ne voyait elle rien de plus élevé ?

Dixième Salle.

Num.º 33.

Bonifazio.

Il ne faut point chercher dans cet Enfant prodigue la vérité des costumes, ni le beau dessin ; Bonifazio, d'une vérité adorable, est le Flamand des Italiens. Le public de Venise demandait de la couleur avant tout, c'est la partie *amusante* de la peinture. On respecte le *dessin* mais il laisse froid.

Num.º 1.

Amour sacré et profane, *de Titien.*

Couleur superbe, beau fond, torse et tête assez bien de dessin dans la femme découverte, mais les jambes semblent dessinées au hasard.

Num.º 7.

PORTRAIT D'UN CARDINAL, *par Raphaël.*

La tête parait usée, les mains sont superbes, chose rare chez Raphaël. Ce tableau rappelle les portraits de Cardinaux de la Galerie
Pitti.

ONZIÈME SALLE.

Num.º 53.

BELLE MARINE, *de Backuisen.*

Num.º 42.

DANAË, *du Corrège.*

Tableau barbarement restauré, acheté à
Paris par le Prince Camille Borghèse, qui aimait
réellement les arts.

Les jambes et les torses admirables; il reste
à désirer dans les têtes, surtout dans celle de
l'Amour.

Les deux enfans en demi-figures sont char-
mants. La couleur du Corrège n'a été respectée
que dans le pied. Où trouver des injures dignes
des restaurateurs? Ils ont enlevé toutes les dernières touches.

Remarquez dans l'une des dernières Salles
de cette admirable Galerie une copie de la Fornarina du Palais Barberini; cette copie est, je
pense, de Jules Romain. Il faut regarder une
Léda d'après Léonard de Vinci, ainsi qu'une
jeune fille à la physionomie florentine, déguisée
en Lucrèce; travail du poignard.

Voir les peintures *sur miroir* à la mode
vers 1600. Remarquez le jet d'eau au bout de la
perspective des Salles ; cela est délicieux pendant
les quatre mois de chaleurs accablantes.

PORTRAIT DE CÉSAR BORGIA.

Sont ce là les traits de ce scélérat modèle
illustré par Machiavel ? Cet ouvrage est-il de

Raphaël ? Ce portrait doit probablement le nom de César Borgia au poignard qu'il tient de la main droite, mais Borgia avait trop d'esprit pour vouloir d'un poignard dans son portrait ; ce n'est pas là un ami que l'on avoue.

J'ai rencontré, je pense, la vraie figure de César Borgia à Milan, chez M. le Comte Borgia ; cet homme aimable a fait copier par Palagi le portrait original qui est du Giorgion. Ce tableau de la Galerie Borghèse serait le moins bon de tous les ouvrages du maître.

Quelques Espagnols prétendent que ce portrait a été fait par un de leurs compatriotes, élève de Raphaël, ils le reconnaissent à la forme des mains.

CHAPITRE QUATORZIÈME

GALERIE CORSINI

(SUITE DES GALERIES DE ROME)

(au pied du Janicule sur la rive droite du Tibre,
vis-à-vis la Farnesina).

LA FEMME ADULTÈRE, *demi-figures de Titien.*

Toutes les belles qualités de coloris admirées chez ce grand peintre.

SAINTE FAMILLE, *de Michel-Ange.*

Tableau de petite dimension.

Michel-Ange a-t-il jamais peint à l'huile ? Ce tableau, comme tant d'autres, serait-il fait simplement sur un dessein de lui ?

31

La Madonne authentique de la Galerie de Florence est à la détrempe (*tempera*).

Les amateurs du Morillo trouveront dans la Galerie Corsini, une Vierge et l'enfant Jésus, d'une belle couleur; si ce tableau n'était mentionné que sous le simple titre d'une femme et son enfant, il gagnerait infiniment; ici rien de divin.

Ne pas oublier une Ste Famille du Poussin, une belle tête de Christ couronné d'épines du Guerchin, et un petit tableau de Fra Beato Angelico de Fiesole, c'est le Jugement dernier en miniature. Les peintres du 15.me siècle, gens de conscience, prenaient d'étranges libertés et flattaient peu. Voyez les gens que celui-ci met en Enfer. Comparez cet Enfer à celui de Michel-Ange.

GALERIE FESCH

Le Christ de Raphaël, j'en ai parlé.

Le chef-d'œuvre de cette Galerie du moins pour les tableaux italiens, était sans contredit la Vierge au trône, attribuée au Titien. Quant à moi je suis bien loin de jurer que ce tableau appartienne au Titien. A la vérité il est difficile de porter plus loin la vérité du coloris, et le brillant des teintes; et malgré ces qualités, le tableau ne perd rien de son harmonie. C'est un chef-d'œuvre en ce genre.

Une autre gloire du C.ᵃˡ Fesch c'étaient de superbes fragments de fresques détachés du mur et peints par Sébastien del Piombo. Le caractère du dessein, offre tout le génie de Michel-Ange. Il ne faut les envisager que sous ce rapport, le coloris est presque détruit.

C'est l'exemple que je montrerais pour faire comprendre à un nouvel arrivant, le mot *grandiose* que beaucoup de voyageurs employent pour indiquer les peintures serieuses et d'une grande dimension.

Ce qui denote le plus vîte le manque d'esprit, chez un nouveaux débarqué à Rome, c'est l'abus des grands mots.

Admirables têtes d'enfans dessinées par Léonard de Vinci, on dit que ce sont les enfans de Ludovic Sforce.

Je ne parlerai pas des tableaux flamans peu goûtés en Italie ; la laideur de la forme des os de la tête repousse. Rappellez vous l'effet du nain de Charles V au Musée du Louvre. La Galerie Fesch avait un admirable portrait du Cardinal de Richelieu par Philippe de Champagne. En 1841 les meilleurs tableaux iront à Ajacio, les autres à Lyon.

GALERIE CAMUCCINI

—————

J'ai parlé plus haut du petit Raphaël qui fait la gloire de cette Galerie.

Elle possède un autre chef-d'œuvre, c'est le tableau de Jean Bellin, représentant le repas des Dieux, ou plutôt une halte de Bohemiens; le paysage est de la main du Titien élève du Bellin.

Ce tableau est l'un des cinq ou six beaux paysages qui existent au monde. Il est impossible de pousser plus loin l'imitation de la belle nature, de la nature comme nous la voyons dans les jours de bonheur. Les tons vert foncé qui se trouvent dans l'ombre sont d'une transparence extraordinaire, d'une grande vigueur, et cependant nullement durs. Effet incroyable du soleil qui brille sur les fabriques placées au sommet d'une colline. Ce paysage

vient tout de suite après le Moulin de la Galerie Doria.

Ne pas oublier dans le nombre des bons
tableaux de la Galerie Camuccini un superbe
coucher de Soleil par Claude Lorrain.

En commençant une journée de beau soleil, le voyageur doit aller voir le Paysage Camuccini, puis le *Moulin* au Palais Doria, et ne
plus s'occuper d'arts le reste de la journée.

Dix tableaux de Charles Marate, du Cavalier d'Arpin, de Cirro Ferri, d'André Sacchi ou
d'autres êtres de cette force, empêchent l'esprit
de découvrir les beautés d'un chef-d'œuvre vû
quelques heures auparavant.

En terminant ces notes rapides sur les
chefs-d'œuvre que l'on voit à Rome, il y aurait
de l'injustice à moi de ne pas rendre hommage
au noble procédé d'un artiste du premier mérite.
Tandis que de nobles personnages refusent de
laisser voir au public, même une fois par mois,
les chefs-d'œuvre que les personnes dont ils
ont hérité demandaient aux grands artistes leurs
contemporains, M. le Baron Camuccini déserte

sa maison tous les Dimanches, afin que le public puisse admirer à loisir, le sublime Paysage de Jean Bellin et du Titien, la Madonne de Raphaël, et les autres tableaux du premier mérite qu'il a eu le bonheur de réunir.

GALERIE BISENZO

Si la Galerie du Comte Guido di Bisenzo n'est pas très-nombreuse, du moins l'œil du voyageur n'y est point fatigué par ces médiocrités sans nombre qui l'assiégent ailleurs, car à Rome le pauvre étranger est soumis à l'abominable prévenance des *Custodi*, et ces gens ont juré de ne pas laisser passer une croûte sans la décrire, et sans citer les sommes qu'on en a refusé d'un Anglais.

La collection Bisenzo est vraiment la Galerie d'un homme de goût.

Dans le petit nombre de tableaux fort remarquables que le Comte Guido a réunis, tout en ne disposant que d'une fortune particulière, je ne citerai que la Prédication de S.' Jean du Poussin.

On chercherait vainement ailleurs un tableau de ce maître d'un mérite supérieur, ou d'une conservation aussi parfaite.

La composition est comme on sait une des grandes parties de l'art, le Poussin y excellait et dans aucun autre de ses tableaux l'art de composer ne brille comme dans ce S.ᵗ Jean.

Le Précurseur est d'un admirable dessein ; le peintre a trouvé un moyen fort naturel et très-original de le détacher sur un fond clair, il a placé au milieu du tableau une grotte formée de beaux rochers qui servent de fond; le reste du paysage est digne en tous points du Poussin qui fut supérieur en ce genre.

J'admire la grace de cette jeune Femme qui écoute l'homme éloquent, les mains croisées sur le genou. Elle fait un beau contraste avec la femme âgée qui parait derrière elle; touchée jusqu'au transport des paroles du Saint, cette femme s'incline pour baiser respectueusement une partie de son vêtement. Quant à la jeune mère sur le devant du tableau, c'est un souvenir du Dominiquin auquel le Poussin rendait

justice ; c'était un mérite en 1650, le peintre
de Bologne ne fut à la mode que bien plus
tard.

Ce qu'il y a de bien remarquable dans ce
chef-d'œuvre, et qui je pense étonnera fort les
curieux, c'est la couleur; elle est comparable à
tout ce qu'il y a de mieux en ce genre.

Ainsi le Poussin comme *coloriste* doit occuper une place bien supérieure à celle qu'on
lui assigne généralement.

Mais il était pauvre ; les tableaux de lui,
que l'on rencontre ordinairement, ont été peints
sur des toiles rouges, qui ont *repoussé* et
détruit toute l'harmonie de la couleur ; c'est ce
que l'art ne peut trop regretter.

GALERIE CHIGI

Il faut aller chercher au Palais Chigi, qui fait le coin de la Place Colonne, le fameux dessein de la Bataille de Constantin par Raphaël. Quel malheur que les élèves n'aient pas suivi exactement le dessein de leur maître ! Ici, ces gens là ont été aveugles pour le sublime.

Dans la fresque, les figures sont tellement serrées qu'il ne leur reste à aucune la liberté d'agir. Si tout-à-coup la baguette d'un enchanteur leur donnait la vie, la plupart tomberaient.

Dans le dessein qui fait la gloire du Palais Chigi, l'Empereur Constantin est beaucoup plus rapproché de l'usurpateur Maxence qui se noye dans le fleuve; ce mouvement en avant indique mieux, ce me semble, la Victoire de Constantin : son armée gagne du terrein sur celle du tyran.

Tout près de ce dessein sublime par l'ensemble, on trouve un dessein du Dominiquin, sublime par la résignation et l'espérance qui brillent dans la tête de Ste Cécile.

Cette Galerie a quelques bons tableaux placés trop haut. On peut arrêter la vue sur un Garofolo : St Antoine, Ste Cécile et St Pascal, il réunit toutes les qualités qu'on recherche dans ce maître ; la vigueur de ton dégénère un peu en sécheresse ; le dessein est correct mais dur. Au total, ce tableau peut passer pour un des chefs-d'œuvre de ce peintre, qui n'avait point volé la suavité et la grace à son maître Raphaël.

Il faut chercher aussi un bon tableau du Guerchin: une Madelaine, c'est sans-doute le portrait de quelque grande Dame qui a voulu être représentée ainsi.

J'ai remarqué un fort bon tableau de Dosso Dossi : Julie fille de Titus et maîtresse de Domitien.

ACADÉMIE DE S.^t LUC

près de l'Arc de Septime Sévère au Forum.

PORTRAIT DE RAPHAËL.

St Luc peignait la Vierge, qui daigna lui apparaître ; mais ici l'artiste n'a pas été à la hauteur de son sujet, la figure de la Vierge est assez commune ; la lèvre supérieure surtout semble appartenir à une femme de la dernière classe. Mais peu importe ; ce qui fait l'intérêt du tableau c'est le portrait de Raphaël peint par lui même, et parfaitement conservé. Raphaël paraît ici comme l'élève respectueux de St Luc.

Les traits de ce grand homme, se retrouvent aussi dans l'Ecole d'Athènes, fresque du Vatican. Ici ils sont aussi visibles, aussi clairement exprimés qu'il soit possible de le désirer.

Les yeux sont pleins de beauté, on pourrait souhaiter plus de régularité dans le nez, dans la bouche et dans le menton, un peu reculé ce qui semble accuser de la faiblesse.

L'ensemble de la physionomie exprime de la douceur et de la simplicité. Le tableau a été mal retouché, surtout vers la jointure des planches, il est sur bois.

Rien dans cette tête n'annonce le génie; voilà qui est triste à dire. Voyez combien sont menteurs tous les portraits de Raphaël.

On remarque dans la Galerie de S.ᵗ Luc, la Fortune de Guide; un beau Saint par Sébastien del Piombo, et un Ange, sublime fresque de Raphaël. Les jambes sont grosses; c'est ainsi qu'on les voit aux enfans des paysans voisins de la ville éternelle, on dirait de petits Hercules, et dans les loges du Vatican Raphaël a suivi cette nature. Que dira à cette vue l'amour du *svelte* que nous ont donné les gravures du *Journal des modes!*

Une figure svelte s'habille mieux, et la façon de porter les habits denote le *rang des personnages.*

L'Aurore du Guide
(*Palais Rospigliosi*).

———

Cette fresque magnifique est peut-être le chef-d'œuvre du Guide ; on regrette que cette charmante composition soit placée au plafond, on ne peut jouir qu'imparfaitement de la grace noble, et de l'agencement si gracieux qui règnent dans les figures des heures.

On reconnait le souvenir du groupe de Niobé. Vous savez que le Guide introduisit dans la peinture l'imitation de l'idéal grec (1600).

Il ne faut pas chercher dans ce peintre la science infinie et l'âme tendre de Raphaël. Le talent du Guide est plus superficiel, moins étudié, mais cet homme aimable possédait la grace élégante, ses Saints ont l'air de gens comme il faut. Le peintre, joueur déterminé, fréquentait

la bonne compagnie. Dominiquin toujours pauvre et méprisé peignait avec son âme ; il savait
rendre *des émotions*, et non faire deviner le
rang que les personnages occupaient dans le
monde.

Les femmes du chœur de S.ᵗ André della
Valle ont plutôt l'air de paysannes sublimes,
voir leurs yeux. Souvenez vous des *pendentifs*
de *San Carlo ai Catinari*. Cherchez le Samson
du Carrache et quelques Rubens dans la Galerie
Rospigliosi que l'on voit difficilement.

A S.ᵗ Silvestre, presque vis-à-vis, voyez
quatre lunettes rondes du Dominiquin représentant David, Judith, Ester, et Salomon.

CHAPITRE QUINZIÈME

Objets d'Arts dans les Eglises.

Rome est la ville des fresques ; aucune ville du monde ne peut lui être comparée sous ce rapport ; Raphaël, Michel-Ange et le Dominiquin brillent surtout dans ce genre.

S.¹ André *della Valle.*

Ce fut dans un temple voisin de l'emplacement où l'on a construit cette Eglise que César fut assassiné.

Les pendentifs de la coupole sont du Dominiquin. Le S.ᵗ Jean est au premier rang des chefs–d'œuvres de l'Ecole Italienne.

Le Dominiquin atteint le plus haut degré d'expression dans les têtes qui cherchent leur inspiration dans le ciel. Il est inutile de louer de telles choses ; le voyageur doit voir s'il les sent. Derrière l'autel dans le fond qu'on appelle la *Tribune,* le Dominiquin a représenté S.ᵗ André appellé par le Divin Sauveur. Ici vérité, expression, couleur, on trouve tous les mérites. Le Christ sur le rivage appellant S.ᵗ André qui est dans une barque, est vraiment divin. Le paysage est un chef–d'œuvre. Voir les yeux des figures de femmes placées entre les fenêtres. Lanfranc et d'autres peintres intrigants et bien venus des princes, persuadèrent au public et au Dominiquin lui même, que ces fresques étaient une erreur de son talent. Bien des années après, le Dominiquin repassant à Rome alla les voir accompagné de quelques amis. Je ne les trouve pourtant pas si mal, leur dit–il avec naïveté.

S.ᵗ ONUPHRE.

Avant d'entrer dans ce petit Couvent au sommet du Janicule où le Tasse alla mourir, et d'où l'on a une si belle vue de Rome, chercher sous le portique à droite trois fresques sublimes du Dominiquin. Elles représentent trois positions de la vie de S.ᵗ Jérôme, cet homme à la mode qui après avoir abandonné les délices de la capitale du monde alla chercher la paix de l'âme dans les déserts de la Syrie. Il y était poursuivi par l'image des délices de Rome.

Au dessous de ces trois fresques, un homme de goût a fait transcrire des passages admirables des lettres de S.ᵗ Jérôme qui nous donnent sa confession. Ce fut un personnage comme René cherchant à se consoler par la religion.

Au premier étage du Couvent dans un corridor obscur, on trouve une fresque de Léonard de Vinci, qui a noirci comme beaucoup des ouvrages de cet homme de génie; ce qui reste de cette Madonne est du style le plus élevé. Cela rappelle la Vision d'Ezéchiel, la Joconde, les Hérodiades, etc.

Dans la petite Bibliothèque de S.ᵗ Onuphre se trouve le masque du Tasse, et les petits meubles dont il faisait usage au moment de sa mort (1595). Dans l'Eglise j'ai remarqué l'épitaphe si belle faite par lui même; la chercher sur un petit marbre placé dans le pavé à gauche de la porte:

TORQUATI TASSI OSSA HIC JACENT

NE NESCIUS ESSES HOSPES

FRATRES HUJUS ECCLESIAE POSUERE. 1605.

Voir les manuscrits du C.ᵗᵉ Alberti qui m'ont touché, les lettres des Princesses surtout.

— —

S.ᵗᵉ MARIE DE LA CONCEPTION
des Capucins, près la Place Barberini

Offre un bel ouvrage d'un genre bien différent; c'est là qu'il faut aller chercher l'original de ce S.ᵗ Michel du Guide, dont on voit des

copies par tout, et une mosaïque à S.ᵗ Pierre.
On fut obligé d'ôter ce joli S.ᵗ Michel, il donnait des distractions aux filles des dévotes qui
venaient prier dans cette Basilique.

Rappellez vous le S.ᵗ Michel de Raphaël,
comparez ce qui se passe dans votre cœur. Les
effets *du beau* succèdent aux effets *du joli*. Quand
le voyageur, français surtout, pourra distinguer
bien nettement ces deux choses, il aura fait un
grand pas dans les arts.

Ste Marie du Peuple.

Les superficies de marbre des tombeaux de
S.ᵗᵉ Marie du Peuple, sont remplies d'arabesques
charmans à la florentine; on trouve à la Chapelle Chigi des mosaïques représentant le Zodia-
que, faites d'après des cartons de Raphaël dont
de grossières copies se voient à la *Sapienza*
(l'Université de Rome).

Des artistes allemands viennent de publier
de fort jolies gravures de ces cartons de Raphaël.

A S.ᵗᵉ Marie *del Popolo* cherchez la Naissance de la Vierge, de Sébastien del Piombo ; la
couleur n'est pas brillante, on dirait que ce
Vénitien en arrivant à Rome perdit le mérite
caractéristique de son école ; mais c'est de la
peinture large et d'un style vraiment historique,
il comprenait Michel-Ange.

Voyez à la première Chapelle à droite, de
belles fresques du Pinturicchio.

Cette Basilique est ouverte toute la journée,
les autres Eglises de Rome ne sont ouvertes
que jusqu'à midi. Toutes celles ornées de 1520
époque de la mort de Raphaël, à 1600, sont dignes d'être examinées avec attention. Ensuite
le Bernin vint tout gâter en architecture, et les
timides imitateurs des grands peintres tombèrent dans le genre plat et compliqué ! Voir le
Cavalier d'Arpin et Consorts, ces peintres qui
avaient horreur de l'*énergie*, et déclaraient dé-
testables Michel-Ange du Carravage, et son

élève le français Valentin. On retrouvera ici la
position et les injures des pâles littérateures
de 1820 maudissant les jeunes gens qui vou-
laient rappeller à quelque énergie la triste lit-
térature de l'Empire. De nos jours où trouver
un acheteur pour les tableaux du Cavalier d'Arpin, qui de son vivant régnait à Rome?

S.ᵗᵉ Marie sopra Minerva.

C'est dans cette Eglise qu'on appelle *de la
Minerve*, qu'il faut aller chercher une fresque
admirable de Filippino Lippi ; ce peintre un peu
fou qui enleva une Religieuse d'un Couvent où
il travaillait.

Au fond de la croisée, à droite en entrant,
cherchez la Dispute de S.ᵗ Thomas d'Aquin. Impossible de porter plus loin l'expression et le
naturel dans les poses; toutes les têtes sont
belles, remarquez la figure vêtue de rouge qui
occupe le centre du tableau, et surtout la tête

de ce Moine Dominicain qui est à gauche, voyez
cet homme qui met un doigt sur sa bouche,
n'est ce pas le génie de Masaccio ? Dans tout
ce tableau on trouve un sérieux qui touche.
Dans chacune de ces figures l'artiste a sû exprimer les sentimens d'une profonde piété. Une
telle Eglise existant en France, eut donné une
autre direction au goût national. On trouve ici
les seules voûtes en ogive, qui ce me semble
existent à Rome. Voyez les jolis tombeaux et
le Christ de Michel-Ange; belles jambes, absence de physionomie.

Remarquez dans le Chœur les tombeaux de
Léon X et de son triste parent Clément VII.

ARA COELI
(Eglise sur le mamelon oriental du Mont Capitolin).

Ici fut le temple de Jupiter Capitolin, ici
les généraux vainqueurs venaient offrir un sa-

crifice, telle fut l'origine du triomphe. Dans cette Eglise sombre bâtie avec des colonnes volées dans les temples voisins, remarquez surtout la première Chapelle à droite en entrant. C'est la Vie de S.ᵗ Bernardin, fresque naïve et touchante du Pinturicchio (c'est ce condisciple de Raphaël à l'Ecole du Pérugin, dont on veut faire passer les fresques à Sienne, pour être du peintre d'Urbin). Cette naïveté qui souvent tombe dans la froideur, console des comédiens raides que choisit la peinture actuelle. Cherchez quelques tombeaux curieux.

Sainte Sabine.

Un jour en revenant de S.ᵗ Paul, monter à la charmante Eglise de S.ᵗᵉ Sabine près le prieuré de Malte. C'est la forme d'un temple antique, et les nefs sont séparées par des colonnes volées aux temples voisins. Remarquez un charmant tableau de Sassoferrato au fond de la nef de droite. Cette Eglise déserte est

34

ordinairement gardée par une femme aveugle.
Cet ensemble donne des idées ou plutôt des sentimens de haute piété.

CHAPITRE SEIZIÈME

Suite des Objets d'Art dans les Eglises.

San Pietro in Montorio.

Pendant longtems la Transfiguration fut ici.

La Flagellation, fresque de Sébastien del Piombo, première Chapelle à droite en entrant; tableau célèbre plus qu'agréable dont le carton fut peut-être de Michel-Ange.

L'artiste florentin éclipsé par Raphaël, eut l'idée de dessiner des tableaux, que le grand coloriste Sébastien del Piombo revêtirait de sa couleur savante.

Le résultat n'a pas entièrement répondu à l'espoir de rivaliser avec les fresques de Raphaël que l'on prête à Michel-Ange ; mais le monde y a gagné de superbes ouvrages tels que la Résurrection de Lazare qui est à Londres, et la Visitation du Musée de Paris.

La Flagellation est d'un dessein vigoureux, l'action des personnages est remplie de vérité et d'énergie, les figures sont d'un beau modelé. On pourrait désirer plus d'expression et plus d'éclat dans le coloris, toutefois cette fresque ayant beaucoup souffert, et ce qui est pis ayant été retouchée, il est impossible de deviner ce qu'elle fut au moment où Sébastien la livra aux regards du public.

Vue admirable du perron de cette Eglise qui domine Rome et la campagne, du côté de S.ᵗ Paul. Dans la cour voisine petit temple de Bramante bien lourd, et dans l'Eglise quelques bonnes statues de marbre blanc couchées sur des tombeaux.

La Descente de Croix de Daniel de Volterre.

Elle était fort admirée il y a cinquante ans. Michel-Ange, dit-on, donna le dessein de cet ouvrage à Daniel son élève.

Ce tableau fut habilement caché à Rome en 1798, et sût éviter le voyage en France. Il a été transporté sur toile. Cette opération lui a peut-être été fatale ; car l'on ne conçoit guère aujourd'hui qu'on le mit sur la ligne de la Transfiguration et de la Communion de S.ᵗ Jérôme.

Daniel de Volterre peignit aussi la coupole de cette Eglise ; c'est l'Assomption de la Vierge. La Trinité dei Monti renferme beaucoup d'autres peintures intéressantes ; si je ne m'étais prescrit de ne mentionner aucun peintre vivant, j'appellerais l'attention sur le S.ᵗ Pierre qui reçoit les clefs, de M. Ingres, ouvrage du plus haut style, et admirable d'expression.

S.ᵗ CHARLES DES *Catinari*.

Assez jolie façade. Tombeau de M. Gherardo de Rossi, bon poète comique et homme d'esprit, extrême vérité de ses comédies.

On va dans cette Eglise à cause des Pendentifs du Dominiquin, qui ne sont pas de ses meilleurs ouvrages. Toutefois quelle gloire aurait un peintre qui n'eut laissé que ces Pendentifs !

———

S.ᵗ LOUIS DES FRANÇAIS.

Eglise bâtie en 1610, par Marie de Médicis; elle a la nef étroite des Eglises gothiques, ce qui fait *pauvreté* et non *hardiesse*.

Beaux marbres de l'intérieur, mauvaise façade, et plates statues de cette façade.

Ce qui fait entrer à S.ᵗ Louis c'est la seconde Chapelle à droite où se trouve l'histoire de S.ᵗᵉ Cécile du Dominiquin. Quelle naïveté de composition, quelle justesse dans l'expression des figures ! Je regrette que le Dominiquin n'ait

pas joint à tant de mérites divers celui d'un style
plus élevé. Il fallait choisir des formes nobles
comme l'antique pour les corps, et des têtes
plus belles, comme l'avait sû faire Fra Angelico.

S.ᵗᵉ Cécile peinte par le Guide eut été bien
plus belle ; d'abord on eut vû qu'elle apparte-
nait à une classe élevée de la société, mais en
revanche l'expression de sa physionomie eut été
presque nulle.

La figure de la Sainte dans le tableau qui
représente son martyre a une profondeur de
pensée sublime; si le Dominiquin avait conservé
plus généralement ce caractère de dessein, il
serait tout-à-fait au premier rang. Voir au plafond l'Assomption de la jeune S.ᵗᵉ Cécile, et
dans la première Chapelle à droite deux tableaux du Carravage.

On trouve ici les tombeaux de plusieurs
français ; un fils naturel de Louis XV, mort à
Rome, laissa de grands biens destinés à secourir
les français pauvres voyageant en Italie.

S.ᵗ Clément.

Il ne faut pas manquer d'entrer à S.ᵗ Clément derrière le Colysée, et près des thermes de Titus, on y trouve les formes des Eglises des premiers siècles et des vestiges d'une fresque de Masaccio ; ce grand homme vint près d'un siècle avant de Raphaël et mourut empoisonné à 42 ans. Ce fut surtout pour étudier ses fresques au *Carmine* à Florence, que Raphaël quitta Urbin en 1504.

Les fresques de S.ᵗ Clément représentent quelques traits de la vie de S.ᵗᵉ Catherine, et la passion de Notre Seigneur, mais elles ont été cruellement martyrisées par la brosse des restaurateurs, et ne rappellent que de bien loin ces fresques du Carmine, qui eurent la gloire de former Michel-Ange, Léonard de Vinci, et Raphaël: voir le récit de Benvenuto Cellini.

Les malheureuses peintures de S.ᵗ Clément ont maintenant quelques choses de niais et d'empâté. Un grand homme semble toujours horriblement téméraire, aux yeux de la médiocrité

restaurante. Il est difficile de mieux composer,
ni de porter plus loin la vérité dans l'expression.
Masaccio fut infiniment au dessus de tous ses
contemporains, on ne peut lui reprocher que
quelques restes des défauts du tems : des gestes
timides, et un peu de maigreur, toutefois il a
fait faire un pas immense à la peinture. Le
mérite d'un auteur est fort différent de celui de
ses ouvrages: Giotto et Masaccio, nés en 1520,
eussent peut-être effacé Raphaël.

—

MADONNE DES ANGES.

Salle d'une Bibliothèque arrangée en Eglise
par Michel-Ange, colonnes énormes, air grandiose.

On trouve ici, parmi quelques tableaux
médiocres, un S.ᵗ Sébastien du Dominiquin, c'est
une de ses fresques les moins remarquable, elle
était à S.ᵗ Pierre, elle fut détachée du mur, et
transportée ici ; S.ᵗ Pierre en a une copie en
mosaïque.

Le Dominiquin manquait d'imagination pour inventer des tableaux singuliers sur des sujets connus, ou plutôt son imagination, s'attachait toute entière à rassembler le plus de perfections possible dans une figure donnée. C'est ainsi que chez les anciens, jamais il ne fut venu à l'esprit d'un sculpteur de changer l'attitude convenue de la Vénus ; se souvenir de l'attitude de la Vénus de Médicis ; il ne songeait qu'à exécuter chaque partie avec plus de génie.

EGLISE DE LA VICTOIRE.

En sortant de la Madonne des Anges, voir la tête de S.te Thérèse dans le groupe du Bernin, à l'Eglise de la Victoire. Ici éclatte tout le talent de ce grand sculpteur : ce groupe a le mérite immense à mes yeux de n'être point une copie de l'antique, le Bernin a sû voir la nature, et l'imiter avec hardiesse. Il est vrai que les Dames anglaises se scandalisent. Les draperies de ce groupe sont extravagantes.

Mais on ne peut l'oublier; c'est bien quelque chose dans les arts. Il y a de bons tableaux dans les Chapelles voisines de la S.te Thérèse.

Il ne faut point avoir du plaisir par force, dès que les objets d'art contenus dans une Eglise ne plaisent pas, sortir et renvoyer la visite à un autre jour. La Farnesina et les Loges du Vatican d'une beauté si intelligible, sont des ressources.

———

S.t MARTIN *ai Monti.*

Charmante Eglise, beaux marbres, grand autel noblement disposé. Souterreins respectables. Les murs latéraux de l'Eglise représentent les principaux faits de la vie du prophète Elie, fresques de Gaspard Poussin ; on dit que les figures sont de Pietro Testa, paysages admirables, et surtout pleins de naturel et par là fort touchans.

Gaspard Duguet, né à Rome, était beau-frère du Poussin : de là son nom de Guaspre Poussin.

En courant les Eglises et Galeries pour la première fois, il ne faut pas user sa vue et son attention, à regarder les tableaux et les statues médiocres, autrement on arriverait excédé de fatigue, et épuisé devant les chef-d'œuvres, qui fatigueraient au lieu de ravir en extase. Ainsi qu'on n'adresse pas la parole aux gens de mauvaise compagnie, il faut savoir baisser les yeux devant les tableaux de cinq ou six cents peintres médiocres, dont les noms remplissent les Itinéraires de M. Valery et de tant d'autres.

S.ᵗᵉ MARIE MAJEURE.

Voir à S.ᵗᵉ Marie Majeure, magnifique Salle entourée de colonnes, la Chapelle Borghèse où se trouvent de belles figures du Guide d'une noblesse parfaite ; et vis-à-vis, la Chapelle de Sixte V où il faut entrer pour examiner la physionomie de ce grand Roi qui y a une statue.

S.ᵗ JEAN DE LATRAN.

A S.ᵗ Jean de Latran qui n'est remarquable que par sa masse, voir le portrait de Boniface VIII publiant le premier Jubilé; ouvrage de Giotto donné par les Princes Caetani.

Les pilastres de cette Eglise cachent de belles colonnes.

Chercher au fond de la Tribune de grandes mosaïques du 14.ᵐᵉ siècle qui ne sont pas sans physionomie.

GROTTA FERRATA.

Le S.ᵗ Nil de Grotta Ferrata à une heure et demie de Rome du côté de Frascati, mérite que le voyageur fasse cette course. C'est une fresque du Dominiquin dans la Chapelle dédiée à S.ᵗ Nil et S.ᵗ Bartholomée.

Il s'agit de guérir un jeune possédé; tandis que S.ᵗ Nil adresse au ciel une fervente prière, S.ᵗ Bartholomée prend de l'huile dans la lampe placée devant la Madonne et fait une onction sur la bouche du démoniaque.

Ici nous sommes bien près de la perfection de l'art, et si l'on fesait une liste des dix plus beaux tableaux du monde, le S.ᵗ Nil y entrerait sans–doute.

Cette action si simple rend présente à l'âme du spectateur toute la puissance de l'Être Suprème.

La grande simplicité de la Chapelle lieu de la scène, contribue puissament à cet effet.

Le Dominiquin manquait d'imagination, en ce sens il est le contraire de Pierre de Cortone, de Luca Giordano et de tous les peintres médiocres qui lui succédèrent. On retrouve ici cette femme avec son enfant qui a peur, que le Dominiquin a placé à S.ᵗ André, à S.ᵗ Grégoire et partout.

En face on voit S.ᵗ Nil et S.ᵗ Bartholomée qui reçoivent à genoux, une pomme d'or que leur donne la Vierge;

A gauche, un grand tableau représentant l'entrevue de l'Empereur Otton et de S.ᵗ Nil près de Gaëte. Le Dominiquin, disent les Itinéraires, y a placé le portrait d'une paysanne de Grotta Ferrata qui fut sa maîtresse.

Ce tableau offre beaucoup de détails intéressans ; l'artiste s'y est représenté lui–même ainsi que ses compagnons d'études, le Guide et le Guerchin.

Le dessein des Musiciens qui soufflent dans les trompettes est plein de vérité. Ces Musiciens rappellent les Anges sonnant de la trompette du Jugement dernier à la Sixtine.

On voit plus loin S.ᵗ Bartholomée qui retient une colonne prête à tomber ; S.ᵗ Nil, sur le devant du tableau, est occupé à examiner le plan du Monastère de Grotta Ferrata dessiné par un architecte.

Les autres peintures représentent S.ᵗ Nil détournant par ses prières un orage qui menaçait de détruire les moissons.

En face, S.ᵗ Nil étant en oraison reçoit la bénédiction de Jésus Christ.

Dans une lunette on voit la Mort de S.ᵗ Nil, et au dessus de l'autel l'Annonciation.

Le Dominiquin avait 29 ans quand il acheva ces fresques dont une est sublime.

———

Frascati.

La plus belle figure du Dominiquin, c'est peut-être la *Judith sortant de la tente d'Holopherne,* qui se voit à la Villa Aldobrandini à Frascati. Le style est digne de Raphaël, et je trouve ici une passion violente et des gestes décidés que je n'ai jamais vus chez Raphaël et que peut-être il n'osait se permettre. En effet ce qui est violent forme exception en peinture et en sculpture. Les formes sont du style le plus noble, et toutefois l'on distingue encore dans les muscles des bras, un peu de cette force violente qui leur a été nécessaire un moment auparavant. Quelle dignité! quelle fermeté dans le port de Judith! d'ailleurs quelle belle tête, et comme elle exprime bien l'intime conviction d'avoir accompli une chose utile à la patrie! C'est le Brutus des Juifs. Quelle supériorité im-

mense sur toutes les autres Judith! quelle façon
de marcher ! quel dévoûment complet !

Voir une autre Judith du Dominiquin à
S.ʲ Sylvestre à Monte Cavallo, tout près des Jar-
dins du Palais Colonna. Que de grands peintres
ont pillé ce petit tableau rond ! (chercher à la
voûte d'une chapelle à gauche).

Dans tout le vaste domaine des arts, rien
ne me semble supérieur à la Judith de la Villa
Aldobrandini.

On dirait qu'elle est ignorée des voyageurs.

CHAPITRE DIX-SEPTIÈME

FRESQUES DES PALAIS.

PALAIS COSTAGUTI.

Au Palais Costaguti, à côté de la jolie. fontaine des *Tartarughe*, voir un plafond du Dominiquin ; le tems découvre la vérité ; et dans le Salon qui suit, Armide enlevant Renaud du Guerchin: ici vigueur de ton que l'on croirait hors de la portée de la peinture à fresque.

Les *Cicerone* font admirer un Singe avec sa chaîne posé sur une corniche. La chaîne fait illusion. C'est là le sublime de l'art aux yeux des *enrichis*. Rien ne supplée à l'éducation première de deux ans à dix.

On trouve dans la Galerie une tête attribuée au Corrège, et quelques portraits.

PALAIS FARNÈSE.

C'est peut-être la plus belle architecture
de Rome. Par bonheur les anciens n'ont pas
laissé de modèles pour le genre *Palais*, et les
modernes ont été forcés d'inventer. Le passage
qui conduit de la porte à la cour est de Michel-
Ange. L'intérieur de cette cour est d'un beau
sérieux, et me semble imité du Colisée. Cette
cour est d'une fraîcheur charmante l'Eté. La
façade au couchant est fort gaie, et rien de plus
sombre, que la façade véritable. Consacrez quelques heures à la célèbre Galerie d'Annibal Carrache qui se fit aider par le Dominiquin et le
Guide ; on trouve dans tous les Itinéraires de
Rome, le détail immense des nombreuses peintures de cette Galerie. Elles ont d'abord le mérite de ne pas rappeller des supplices, souvent
au contraire, elles représentent des choses trop
gaies, j'aime surtout Junon entrant au lit de

Jupiter, et la Licorne blanche du Dominiquin.
Il y a un Dieu des mers dans le grand tableau
au dessus de la porte qui me semble digne du
Corrège.

On ne peut se lasser d'admirer la grande
pratique que les peintres de Bologne avaient
acquise dans la peinture à fresque de nous si
peu connue. Demandez à voir dans un cabinet,
Persée coupant la tête de Méduse, avec une
certaine épée *ad hoc.*

L'Ecole des Carraches, a secoué le joug
des plats imitateurs de Raphaël; mais cette révolte hardie parait avoir épuisé la force d'âme
de Louis Carrache, et de ses deux cousins Annibal et Augustin. Le précepte de Louis Carrache était de choisir ce qu'il y avait de mieux
dans les écoles de Rome, de Venise, de Florence, et dans celles que Léonard de Vinci et le
Corrège avaient créées en Lombardie. L'Ecole
des Carraches a donc étudié avec une patience
infinie le dessein, le clair-obscur, la couleur, et
la composition; mais elle est rarement arrivée à
ce mérite sublime qui jete les spectateurs dans

le ravissement. A l'exception du Dominiquin, personne dans cette école ne fut possédé de cette folie tendre et sublime, qui fit le génie de J. J. Rousseau et du Tasse. On dirait que les trois Carraches surtout ont été absorbés par le matériel de la peinture. Ils vécurent pauvres et peu estimés par le gros du monde. Les peintres maniérés dont ils se moquaient avaient de belles manières et plus de crédit qu'eux auprès des Princes. Les pauvres Carraches absorbés par des études sévères, et fils d'un tailleur, n'avaient pas le ton du monde. Ils placèrent leur *idéal* dans l'ampleur excessive des draperies.

Une extrême curiosité peut demander à voir de grandes fresques du Vasari représentant Charles V, François I, Luther, etc. Il y a quelques restes d'antiquités, un Caligula à cheval, etc., les jambes de l'Hercule Farnèse.

Tout près, au Palais Spada, voir un Pompée colossal, on ne manque pas de dire que c'est précisément la statue aux pieds de laquelle César tomba percé de coups. Voir une Didon sur le bucher du Guerchin : *Hanc accipite ani-mam etc.* Superbe manteau de brocard de Di-don plus soigné que la tête ; la répétition de l'Hélène enlevée du Guide, six grands bas-reliefs antiques, etc.

Voir *l'une après l'autre,* les cours du Palais Farnèse, du Palais de la Chancellerie, du Palais Borghèse et du Palais de Monte-Cavallo, on se formera ainsi quelque idée de l'architecture moderne.

L'intérieur de la plupart des Palais romains s'est arrêté au luxe du 17.me siècle ; ce qui choque les voyageurs arrivant de Paris. Le Palais Torlonia place de Venise, fait une brillante exception ; chercher à voir aux lumières, Hercule lançant Lycas à la mer, colosse de Canova.

LES NOCES DE PSYCHÉ

Esquisses de JULES ROMAIN *au Palais Albani*
des Quatre Fontaines.

———

Il faut chercher dans ce Palais ce que Rome possède de plus élevé peut-être, en fait de style. Ce sont les cartons des fresques de Jules Romain au Palais du T. à Mantoue.

Après la mort de Raphaël et le sac de Rome en 1527, qui dispersa tous les artistes, Jules Romain plongé dans le désespoir alla chercher de quoi vivre dans une petite ville fangeuse, bien loin de cette Rome qu'il avait tant aimée et où tous les jours l'on découvrait quelque nouveau chef-d'œuvre de la sculpture antique. On pourrait croire que l'absence redoubla son amour pour ces formes si belles.

Dans ces esquisses sublimes du Palais Albani, l'on ne trouve point ce pastiche de l'antique qui de nos jours nous a fait voir dans les tableaux, des statues colorées ; de sorte qu'on aurait pû désigner à quelle statue tel torse, ou telle tête avaient été prises. C'est l'imitation de la nature vue par un œil *accoutumé à sentir le sublime des formes* présentées par les statues antiques.

De nos jours, l'on a copié servilement les anciens sans concevoir la philosophie qui les a dirigés dans leurs ouvrages.

Un homme qui n'est pas loué dans les livres, et que par conséquent peu de voyageurs admirent, est peut-être de tous les artistes venus depuis la renaissance, celui qui a le mieux compris les anciens. Cet inconnu s'appelle Luca della Robbia, on peut admirer ses bas-reliefs dans toute la Toscane, mais il faut chercher plus particulièrement les marbres représentant des chantres au lutrin, maintenant relégués dans un petit cabinet de la Galerie de Florence, à côté des tableaux vénitiens.

CHAPITRE DIX-HUITIÈME

DES STATUES.

Un Seigneur étranger avait fait amitié avec le Bernin, ce grand sculpteur chef d'une si plate école. La veille de son départ, le Seigneur lui dit :

— Quelle est la meilleure sculpture de Rome ?

— La statue de Pasquin.

Le Seigneur se fâcha tout rouge ; il crut que le Bernin lui faisait une réponse ridicule, et prétendait se moquer de son ignorance, de grand Seigneur.

La réponse du Bernin est encore vraie de nos jours. Le *Pasquin*, c'est-à-dire Menélas soutenant le corps de Patrocle, se trouve au milieu de la rue à l'angle du Palais Braschi (Place Navone).

Un artiste disait ces jours-ci à un Seigneur qui voulait absolument parler d'arts, et blamait la *composition* de la Ste Pétronille du Guerchin :

— Qu'aimeriez-vous mieux, un collier de belles perles mal en ordre, les plus grosses mêlées au hazard avec les plus petites, ou bien un collier de perles médiocres, arrangées avec toute l'adresse desirable, et de façon à produire le plus grand effet possible ?

— Belle question ! j'aimerais mieux le collier de perles fort belles, mais mal arrangées ! dit le Seigneur.

— Hé bien, vous venez de faire le procès de la composition partie de l'art si préconisée par nos contemporains. Donnez nous de vraiment belles choses, quoique mal en ordre.

C'est l'*art de la composition* qui manque à ce tombeau de Clément XIII (Rezzonico) à St Pierre, qui a deux parties sublimes, la tête du vieux Pape priant, et les lions.

A vrai dire c'est le seul Pape vraiment
pieux, et convaincu, que l'on voie dans S.' Pierre; tant les sculpteurs ont rendu peu de justice
à ce nombre de Saints Pontifes dont ce temple
magnifique montre les mausolées.

Les rivaux de Canova disent qu'il manque
de composition. Moi je dis que ses figures, par
exemple le *Génie de la mort* au tombeau du
Pape Rezzonico, ont essayé de *rendre sensibles*
des vertus auxquelles les anciens ne pouvaient
songer; l'essai n'a pas été complétement heureux.

Les anciens ne demandaient à leurs Dieux
et à leurs héros, que la *justice* et la *force*. Les
modernes demandent, sans le savoir il est vrai,
l'esprit, la faculté d'être ému, la justice, enfin
la force. Toutefois la force tombe. Depuis l'in-
vention des pistolets, un jeune homme qui aurait
la tournure de l'Hercule Farnèse, serait ridicule
dans un salon. A quoi la force est-elle bonne?

Comment s'arrêter en écrivant sur des choses qu'on aime, et que l'on voit tous les jours?
Pourtant je ne dirai rien des statues antiques
de Rome, si non que chaque année, on en voit

fabriquer avec des fragments d'autres statues antiques, ce qui n'empêche point les *savans* d'admirer l'harmonie du tout. Cet usage est ancien dans Rome ; voir les statues du Palais Giustiniani fabriquées par l'Algardi sculpteur de Bologne, vers 1640. Chercher au *Musée Etrusque* du Vatican formé par S. S. le Pape Grégoire XVl protecteur des arts, le *Mars étrusque* de Todi, avec sa singulière cuirasse. Ne pas oublier le bras colossal en bronze trouvé dans la Darse de Civitavecchia.

Le jour que l'on a consacré au pénible plaisir de voir les statues, il faut commencer par le Pasquin au coin du Palais Braschi ; c'est le plus beau morceau grec qui existe à Rome. Cherchez le plâtre de ce fragment, on peut retourner le plâtre dans tous les sens et le bien voir. Le Pasquin bien compris, on peut aller chercher à S.ᵗ Jean de Latran les plâtres de Ilus et les autres fragments du Parthénon.

Puis au Vatican : le torse du Belvedere, l'Apollon, le Méléagre, le Laocoon, l'Arianne endormie, la *Minerva Medica*, que Canova croyait comparable à l'Apollon; c'est le chef-d'œuvre de l'art de draper quoique les modernes aient limé les plis sur le genou droit, etc., etc. (voir les statues drapées de Cerveteri).

Il faut se méfier des noms donnés aux statues antiques, tant que vivent ceux qui les ont vendues.

Parmi les ouvrages plus faciles à comprendre, arrêtez-vous au petit buste d'Auguste, ouvrage un peu sec du siècle d'Adrien, et au buste admirable du père de Trajan, devenu dans ces derniers tems *Oenobarbus* le père de Néron. Puis descendant aux modernes voir le Persée de Canova assez méprisé maintenant, mais qui peut-être un jour redeviendra beau. Canova a eu le courage de ne pas copier exactement l'antique, et son Persée donne quelque idée du beau moderne, si différent de l'antique. Canova a sû lire dans les âmes de ses contemporains la déroute *de la force :* mais cette idée est si jeune encore, qu'elle peut paraitre fausse.

Canova avait les yeux trop rapprochés, et beaucoup de ses statues, par exemple le Napoléon nud de Londres, reproduisent ce défaut qui donne l'air *spirituel*. Les formes de ses Athlètes au Vatican sont trop arrondies, et leur *peau* est trop *polie*, voyez au Capitole le buste de Faërne par Michel-Ange. En dépolissant les Athlètes on jouerait un tour cruel aux détracteurs de Canova. Comme Raphaël il a fait ses Anges un peu femmes, voir les génies du tombeau des Stuarts à S.ᵗ Pierre.

Un Amiral français (M. Gras) s'est donné à Naples (Pizzofalcone) une copie de ce tombeau. Je voudrais en voir une autre copie au père La Chaise. Quelqu'homme riche peut se faire un nom après sa mort avec trente mille francs.

Cherchez le plâtre de la *Pietà* de Michel-Ange dont l'original est placé à la première Chapelle de S.ᵗ Pierre à droite en entrant. Ce malheureux original est mal éclairé, et pour jouir de ce chef-d'œuvre il faut chercher le plâtre. Beaucoup de chef-d'œuvres à Rome sont placés d'une façon ridicule, voir la Galerie Doria.

Voir la tête de Paul III, au fond de S.ᵗ Pierre ; celle du Pape Rezzonico ; la tête de S.ᵗᵉ Thé-

rèse du Bernin, à l'Eglise de la Victoire à côté
de ce gros Moyse, que les Anglais ne manquent
pas de prendre pour le Moyse de Michel-Ange.

Il y a une fort bonne statue de Ste Cécile
avec la tête coupée, à l'Eglise de ce nom dans
le Trastevere. Elle est de Maderne et fort intelligible. Je lui trouve l'avantage immense de
n'être pas copie de l'antique. Comment les anciens auraient-ils pû concevoir un être qui a
du plaisir à se faire couper le cou ? Le Christianisme a reculé les bornes du domaine des arts.

Voir la bonté du Christ dans le St Thomas
du Guerchin au Vatican.

Un Dieu antique, Apollon ou Jupiter, fesait
servir à ses plaisirs les êtres humains.

Si j'entrais dans l'appréciation de douze ou
quinze bonnes statues de Rome, je deviendrais
probablement obscur, il faudrait parler *de l'idéal.*

A propos de l'idéal, pour n'être pas inintel-
ligible, je commencerais ainsi allant du *connu*
à l'*inconnu,* suivant le précepte :

Pour faire le torse antique que Michel-
Ange étudia toute sa vie, le sculpteur a sup-

primé beaucoup de veines, de plis de la
peau, etc. etc., il a supprimé des détails afin
de rendre plus sensible les *grands contours*,
les seuls dont on se souvient.

Les modèles ne sont pas parfaits ; l'artiste
doit nécessairement connaître ce qui constitue
le beau, et voir la nature avec cette idée, tout
en la copiant. Ainsi il augmente ou diminue
telle forme, tel muscle ; c'est le complément de
toutes ces choses vraies toutefois, qui constitue
ce que l'on nomme le *beau idéal.*

L'histoire de Zeuxis est vraie dans ce sens,
non qu'il ait employé plusieurs modèles pour
faire sa Vénus (le bras ne se serait pas accordé
avec la jambe), mais il avait étudié la perfection
des formes dans beaucoup de femmes, reputées
belles, ce qui l'avait conduit à un degré de
perfection si élevé, que l'on put regarder ce
complément comme *idéal,* mais non supposer
qu'il ne peut exister.

Quelle différence ! un abrégé de l'histoire
Romaine faite par quelqu'un *qui sait,* ou l'abrégé de cette même histoire faite par quelque

petit savant qui ne connaît les choses qu'à demi.

Muratori raconte en quatre pages l'histoire de chaque Empereur romain, comparez avec ces abrégés que les malheureux écoliers sont forcés d'apprendre par cœur.

Voilà l'histoire de l'idéal en peinture et en sculpture : l'homme habile pour arriver à l'idéal, par exemple M. Fogelberg, fesant une Vénus, supprime, dans un certain but, les détails qu'il connaît : l'inhabile ne *supprime* rien, n'a rien à *supprimer*, seulement il ne fait pas ce qu'il ne sait pas.

Mais survient un bon Allemand qui peut admirer une verrue sur le bout du nez d'un buste. Quelle vérité ! S'écrie-t-il, et pour lui Denner avec les rides de ses vieilles femmes, l'emporte sur la *vérité noble* du Titien, que l'Allemand appellerait *fausseté*, si le nom du Titien n'était consacré par l'admiration du monde.

La grande difficulté de la sculpture c'est que toute l'Europe copie la France ; et la bonne Compagnie de Paris défend *les gestes.* Or la pauvre sculpture n'a que les gestes. On se permettait des gestes à Paris du tems de Tallemand de Réaux. M. le C. de la Valette allait s'enfermer dans l'Hôpital des Pestiférés parceque Madame la Princesse de Condé lui était cruelle.

La bonne Compagnie de Paris a horreur du *nud*, ne regarde jamais des corps nuds ; comment jugera-t-elle de la vérité des imitations de la sculpture ? La bonne Compagnie déteste le *naturel* qui lui fait peur ; elle veut des êtres dont elle puisse prévoir tous les mouvemens. Ici la peinture est aussi malheureuse que la statuaire.

Mais il faudrait de l'emphase obscure pour parler dignement, de ce que dessus.

CHAPITRE DIX-NEUVIÈME

———

DE LA PEINTURE SUR PORCELAINE.

——

Si les anciens avaient connu la porcelaine
que de beaux tableaux de leurs grands peintres,
auraient été sauvés de l'oubli! Les simples vases
de terre peints en courant, par des *ouvriers*,
sont pour nous un objet d'admiration et d'études
historiques. Voir au Musée de Naples et chez
M. le Chevalier Sant'Angelo des vases dont plusieurs ont été payés quarante et cinquante mille
francs.

Les anciens ont employé la mosaïque pour
conserver les tableaux ; voyez la Bataille d'Ar-
belle à Pompeïa, la mosaïque offre un travail

un peu plus long, bien plus dispendieux, et toujours moins parfait que la porcelaine. Les anciens ont exécuté la mosaïque avec des pierres naturellement colorées; à quel prix ces ouvrages ne devaient ils pas revenir? On peut s'en former une idée en visitant les magasins de la mosaïque en pierres dures de Florence, ou les magasins de laine des Gobelins : chaque fil de laine doit avoir, ainsi que chaque pierre pour la mosaïque, une nuance de couleur différente avec toutes ses dégradations.

Quelques unes des peintures sur terre des anciens montrent qu'ils connaissaient l'art d'extraire des métaux les principes colorants, et de plus qu'ils savaient les mélanger avec des fondans (flux) qui leur sont propres; il ne manquait donc aux anciens que la porcelaine elle-même. Tout le monde sait que la porcelaine s'obtient d'une terre appellée kaolin. On joint à cette terre du felspath quarzeux. Des moulins réduisent le tout en poudre, et l'on mélange ces substances selon le degré de dureté que l'on veut donner à la porcelaine. Le felspath est la partie fusible ; une fois que l'on a fait une pâte avec ces matières, on la transporte dans des caves afin qu'elle éprouve une espèce de fermentation. Ce travail en terme de fabriques s'appelle *pourrissure.*

La pâte devient liante, ce qui permet de la travailler avec facilité. On appelle *masse* cette matière prête à être mise en œuvre.

Quand on a formé des vases ou des plaques avec cette masse, on lui fait subir un premier feu qui donne de la consistence à la terre, sans cependant lui donner toute la cuisson qu'elle doit avoir. On appelle cuire au *dégourdi* cette première opération, la terre n'est point encore brillante, elle est préparée seulement pour recevoir l'émail appellé *couverte.* Cette couverte se compose de felspath calciné, et de kaolin lavé. On broye ces matières très-fin, puis on les mélange avec beaucoup d'eau, et l'on plonge la pièce cuite *au dégourdi* qui est très-poreuse, dans la cuve contenant l'émail liquide. La pièce retient la quantité *de couverte* nécessaire pour lui donner du brillant. Quand toutes les pièces sont ainsi préparées on les cuit une seconde fois avec un feu plus fort, appellé *grand feu*. La couverte se fond, la pièce prend sa *retraite*, et la porcelaine est faite.

Les pièces en dégourdi, qu'on remet au grand feu sans être couvertes d'émail, portent dans le commerce le nom de *biscuit*, c'est une porcelaine sans vernis.

Pour exécuter la peinture on prend une plaque, un vase, ou tout autre objet ainsi préparé, c'est sur ces plaques que l'on dessine le sujet qu'il s'agit de peindre, puis le dessein arrêté on commence la peinture ; mais ici les difficultés deviennent sans nombre, car l'on peint avec des couleurs que le feu doit changer; ainsi l'on peint souvent d'une teinte qui après le feu se montre bien différente.

Par exemple, la manche rouge de la Vierge à la Chaise était presque verte avant le feu, cela tient au mélange du carmin d'or avec le jaune. Les rouges d'or changent beaucoup à la cuisson, ils deviennent bien plus beaux de ton tandis que les rouges de fer, perdent un peu de la belle teinte qu'ils ont avant. Les tons foncés ont aussi le désavantage d'être beaucoup plus clairs avant le feu, le noir pour en citer un, est presque gris, en sorte que lorsque l'on peint après la cuisson de l'ébauche, les couleurs foncées qu'on emploie n'étant pas cuites, paraissent beaucoup plus claires que celles de l'ébauche même qui ont déjà reçu le feu, et auxquelles la vitrification a donné la force de ton qui leur est propre. C'est une des grandes difficultés de ce genre de peinture, car il est très-difficile de juger le degré de vigueur qu'aura une couleur qui est si claire à l'emploi, en sorte que plus la peinture est vigoureuse plus les erreurs sont importantes et plus il est difficile d'y remédier, aussi pour mon compte je trouve infiniment moins de difficultés à faire une peinture faible de ton qu'une vigoureuse.

Je sais qu'on peut éviter une partie du changement des couleurs à la cuisson, en les colorant avant de s'en servir par des teintes végétales qui s'anéantissent au feu, ce moyen serait bon ; le seul inconvénient que je lui trouve c'est, que les couleurs végétales tenant une place dans le volume de la couleur, il arrive qu'après la cuisson, la peinture est plus légère de ton qu'on ne l'avait prévu; j'indique ce moyen, chacun peut en faire l'essai.

Les couleurs que l'on employe sont toutes des oxides de métaux. Le fer, l'or, le cobalt, le zinc (base des couleurs), le manganèse et autres, fournissent des teintes diverses, mais ces oxides ont besoin d'être mélangés à des matières fusibles, telles que minium, litarge, sable, borax calciné, etc. On mélange ces fondans aux oxides, afin de les rendre fusibles, et de faire que le tout puisse entrer en vitrification. Quant il s'agit d'employer ces couleurs on les broye très-fin avec de l'eau, puis quand elles sont sèches elles forment une poudre, dont on prend la dose que l'on veut employer, et on la délaye avec de l'essence de térébentine, on y ajoute un peu d'huile essentielle de lavande qui sèche moins vîte.

Les couleurs ainsi préparées, le dessein étant arrêté, on ébauche toute la peinture, après quoi il faut absolument faire subir une première cuisson, afin de pouvoir se rendre compte des teintes employées. Puis on repeint le tableau, et l'on fait subir un second feu, enfin l'on porte la peinture au degré de force nécessaire, et l'on fait cuire une troisième fois. Il va sans dire que les couleurs ne sont fixées que par la cuisson.

L'immense difficulté de cette peinture, c'est que non seulement le feu change les couleurs, mais encore chaque degré de feu donne une couleur différente, ainsi telle teinte combinée pour un feu faible, change beaucoup et gâte toute la peinture si le feu excède le degré pour lequel on l'a préparée.

Et malheureusement l'on n'a point encore découvert l'art de donner *rigoureusement* le degré de feu nécessaire. A ces difficultés viennent s'adjoindre celles inhérentes à la composition des couleurs. Comme toutes ces couleurs ne sont point extraites des mêmes métaux, il est indispensable de les mélanger avec des fondans (flux) qui soient appropriés à chacune d'elles.

La peinture en émail dans laquelle Petitot a excellé, est moins difficile que la porcelaine, par la raison que pour l'émail on n'employe qu'un seul fondant, d'où il résulte que toutes les couleurs indifféremment peuvent se mélanger les unes avec les autres. Il n'en est pas ainsi pour la porcelaine, il faut bien connaître les couleurs qui peuvent se mélanger ensemble sans s'altérer à la cuisson. Les divers fondans dénaturent certaines teintes, et il faut bien du tems pour apprendre par l'expérience, la proportion dans laquelle une couleur peut admettre le mélange d'une autre. Ces effets sont différents selon le degré de chaleur. Il faut de plus savoir l'effet que produit une teinte placée sur une couleur qui a déjà reçu une cuisson ; c'est effet est encore différent selon le degré du feu.

On entrevoit l'immense difficulté de ce genre, pour soutenir la patience, il faut regarder l'avenir et se dire: c'est ainsi que cette couleur devient impérissable.

Mais peindre n'est pas tout, il faut savoir cuire. Quoique j'aie fait bien des expériences je n'ai jamais pû parvenir à être exactement certain de l'effet que le feu produirait, j'ai eu bien des regrets de n'avoir pû apprendre plus de physique, et d'électricité dans ma première jeunesse. D'un jour à l'autre l'effet de deux feux, les mêmes en apparence, est fort différent.

Les peintures de grande dimension que j'ai exécutées en Italie ont dû être cuites à la Manufacture Royale de Sèvres, qu'on juge des soins de toute nature pour le transport, des difficultés de Douänes, etc. etc., il faut une patience infinie.

L'Ecole d'Athènes, par exemple, a fait une première fois le voyage de Rome à Paris comme ébauche. Revenue à Rome, je l'ai peinte en retouche, il a fallu l'envoyer à Sèvres une seconde et même une troisième fois.

Les embarras étaient si grands, que je me suis déterminé à apprendre l'art de cuire la porcelaine, à Paris. En Italie j'ai fait exécuter des fours avec des difficultés infinies, car je ne

trouvais aucun secours. C'est dans ces fours que
j'ai fait cuire les copies de la Transfiguration et
de la Vierge de Foligno (maintenant à Genève),
ainsi que les deux Thétis, la Madelaine, et la Nymphe sortant du bain, ouvrages de ma composition.

Le lecteur ne saurait se faire d'idées des
difficultés qu'on rencontre et de la patience qui
est nécessaire, surtout pour copier des fresques,
placées le plus souvent dans un mauvais jour
et très-haut, il faut nécessairement élever un
échaffaudage fort incommode, et peindre dans
une situation bien gênante, avec une lumière
ou faible, ou souvent placée de manière à fa-
tiguer extrêmement la vue. Et quand le spectateur trouve dans un de mes tableaux une petite
partie dont la teinte n'est pas juste, il doit penser
à la peine qu'a eu le malheureux artiste et
au degré de feu convenable, que peut-être il
n'a pas été possible d'obtenir.

La nuance des couleurs avant le feu est
fort différente de celle qu'elles présentent après
le feu, j'ai vû toutes les couleurs de chair d'un
tableau sortir de couleur nankin dans le second

feu. Si ces difficultés sont immenses pour un ouvrage de deux ou trois figures, que ne deviennent-elles pas pour un tableau de 57 figures comme l'Ecole d'Athènes : telle main touche à un manteau bleu, par exemple : et la couleur bleue est ennemie de la couleur de chair, et la détruit entièrement. Je prends l'exemple d'un manteau bleu parceque c'est la couleur qui m'a donné le plus de mal. L'on peut observer que dans toutes les peintures sur porcelaine, *les bleux* sont toujours d'une teinte crue, qui nuit à l'harmonie, c'est la couleur qui m'a donné le plus de peine pour parvenir à la rompre ou à l'atténuer ; et pour mon malheur tous les bleux des fresques de Raphaël dans les *chambres* ont été entièrement changés, soit par l'effet du tems, soit par l'effet des grands feux que les soldats Luthériens allumèrent au milieu de ces chambres en 1527 lors de ce pillage de Rome que Charles V laissa durer six mois. Il fesait faire des processions en Espagne pour demander à Dieu la délivrance du Pape que ses troupes retenaient prisonnier.

Je maudissais à loisir l'hypocrisie de ce
Prince en copiant les malheureux bleux des
Stanze qui tous ressemblent au bleu qui entre
dans les vêtemens du valet de carreau.

Quoique mon récit ait semblé peut-être
bien long, je ne fais connaître que d'une manière fort sommaire, toutes les difficultés de
Douänes et autres que j'ai eues à surmonter.
Je m'étais juré à moi-même de ne jamais m'im-
patienter. Je me distraisais en fesant des observations que peut-être je publierai lorsque mes
yeux ne me permettront plus de peindre. Si
j'ai parlé de toutes mes tribulations, c'est uni-
quement dans l'espoir d'appeller plus d'indul-
gence sur un genre de peinture intéressant par
sa durée. J'aurais voulu avoir assez de fortune
pour former quelques élèves ; quant à moi j'ai
du tout inventer, j'ai commencé par peindre des
cadrans de montre, ensuite en arrivant à Paris,
une Madonne *alla Seggiola* pour l'Impératrice
Josephine, et enfin la Transfiguration.

CHAPITRE VINGTIÈME

Particularités sur les Chambres du Vatican.

Les détails donnés jusqu'ici sur Raphaël et ses œuvres, auront augmenté, je l'espère, l'intérêt que ce grand homme inspirait au lecteur. C'est ce qui me donne le courage de placer ici, quelques observations qui auraient pû sembler minutieuses dans les premiers chapitres de ce petit ouvrage.

Il est des journées à Rome, où le voyageur le plus intrépide se trouve saisi d'une *certaine lassitude* d'admirer ; la plupart du tems cette situation de l'âme est suivie du regret des petites jouissances de vanité, et de sociabilité

40

que chacun de nous a laissées dans le pays
qu'il habite, lorsqu'il s'est acheminé vers la
ville éternelle. Le lendemain d'une journée
ainsi passée, l'on se trouve un esprit minutieux
et fort éloigné d'un enthousiasme aveugle pour
le beaux arts. Cette situation de l'âme est voisine
de l'ennui : hé bien, dès que vous appercevez de
trop près ce monstre hideux, dites vous qu'il
est de votre devoir de mettre à profit votre
séjour à Rome où vous ne reviendrez jamais.

Allez si non admirer, du moins étudier ces
choses, que même les esprits les plus hypocrites et les plus tristes placent au premier rang
parmi les ouvrages des hommes.

Montez aux chambres du Vatican, et véri-
fiez froidement, comme s'il s'agissait des pièces
d'une comptabilité, si les particularités suivantes sont bien observées. Surtout n'admettez que
ce qui est évident pour vous ; en fait de beaux
arts, la croyance, à ce que l'on n'a pas vérifié,
est le grand chemin de la sottise.

I.

Ecole d'Athènes.

—

Si l'on monte jusqu'au sommet d'une de ces échelles de meûnier, employées par les artistes qui font des copies, dans les chambres de Raphaël on se convaincra en empruntant s'il le faut le secours d'une loupe, que beaucoup des morceaux peints par Raphaël ne sont pas à *bon fresque ;* c'est-à-dire *peints en un jour sur le crépi de mortier récemment appliqué, de façon que les couleurs à l'eau* SÈCHENT AVEC LE MORTIER.

Les détails de l'architecture de l'Ecole d'Athènes furent peints après que le mortier était sec c'est-à-dire à *fresco secco.* Il parait que les couleurs employées furent transparentes comme celles de l'acquarelle. Vous remarquerez dans le turban d'Averoès et dans les draperies blanches, que presque toutes les ombres ont dispa-

ru ; apparemment elles n'avaient pas été peintes
à *bon fresque.*

Les bleus sont altérés de telle sorte qu'ils
sont tous au même plan. Plusieurs couleurs ont
l'air sale, ce qui révolte les dames, elles prennent la fuite, et vont admirer quelque copie
enluminée.

Une dame célèbre par ses millions, a trouvé
cet hiver, que toutes les Eglises de Rome se ressemblent, et n'a voulu entrer que dans S.' Pierre, dont les colombes en marbre blanc sur fond
rouge l'ont charmée.

II.

Attila marchant a la destruction de Rome.

―

Cet admirable ouvrage fut restauré immédiatement après le sac de Rome de 1527 ; il avait particulièrement excité la colère des soldats luthériens qui croyaient se reconnaître dans les barbares à la suite d'Attila. Puis en 1702 le Maratte se fit donner l'ordre de le restaurer.

Il est facile de reconnaître dans cette fresque, le coup de pinceau de chacun des élèves de Raphaël.

Le spectateur apperçoit à sa gauche, tout près du cadre, deux Cardinaux à cheval ; l'un est peint sur le mortier frais, c'est-à-dire à *bon fresque,* l'autre est peint sur le mortier sec et au moyen d'une foule des traits ou hachures comme un dessein. Dans les parties nues les hachures suivent la direction des muscles.

Le fond chargé de détails intéressans, offre beaucoup des retouches à la detrempe et à la colle, les unes exécutées sous la direction du Maratte, et les autres remontant jusqu'aux tems de Sébastien del Piombo.

Le Massier à cheval qui offre, dit-on, les traits du Pérugin menace ruine.

Tous les accessoires et beaucoup des figures sont de Jules Romain.

Vous remarquerez plusieurs retouches considérables dans la tête et dans la cuirasse de ce soldat qui retient le cheval d'Attila.

Enfin le premier soldat monté sur un cheval blanc, me semble tout entier de la main de Raphaël lui-même.

Je supprime deux pages de détails de ce genre.

III.

MIRACLE DE BOLSÈNE.

———

Le Maratte était un de ces artistes, grands feseurs de visites, nés pour réussir dans les cours, et non pour sentir Raphaël; il obtint l'entreprise de retoucher les chambres en 1702, à l'âge de 77 ans.

On peut supposer qu'appesanti par un grand âge il montait peu souvent sur les échafauds, et que les restaurations qui nous choquent furent exécutées par des élèves non surveillés.

Dans les endroits où le crépi se separait du mur, le Maratte le rattacha par de longs clous de fer, il employa la même méthode à la Farnesina.

Toute l'architecture assez compliquée, du Miracle de Bolsène, a été repeinte par cet homme ou par ses élèves.

Si l'on employe une bonne loupe, on se convaincra qu'il n'existe d'original que le seul pilastre à gauche du spectateur avec sa base. La transparence de la couleur annonce l'Ecole de Raphaël ; ce pilastre est à *bon fresque*.

Parmi les personnages qui assistent à la messe, on trouvera une quantité de restaurations, et entre autres une tête repeinte en entier.

Vers la partie inférieure, dans la figure de cette femme qui embrasse son enfant, le crépi se separe du mur, et menace de tomber.

IV.

Héliodore chassé du Temple.

Ces êtres surnaturels qui frappent les voleurs chargés des dépôts appartenant aux veuves, sont de la main de Raphaël.

Jules Romain a peint comme de coutume, les accessoires et de plus la figure à cheval. Un tuyau de cheminée qui passe dans le mur a causé de grands dommages à cette fresque.

Si, l'œil placé contre le jambage gauche de la porte, on regarde la surface de cette peinture, on reconnaîtra que le crépi s'éloigne du mur à l'endroit du bras qui tient un fouet.

Ici le Maratte plaça de longs clous de fer et remplit, dit-on, la cavité qui s'était formée entre le mur et le crépi avec un melange où entrait du bitume.

Le groupe de Jules II est de Raphaël, les femmes et les enfans placés tout près de sa sainteté, me semblent d'un peintre élève ou admirateur du Corrège ; quelques connaisseurs attribuent ces figures à Pietro Lucci de Feltre, élève du Giorgion. Lucci enleva sa maîtresse à ce grand peintre qui en mourut de douleur ; on voit que Giorgion était un être singulier dans le genre de Léopold Robert. C'est un pénible fardeau que d'avoir une âme, à la vérité cet inconvénient fort rare parmi les artistes, donne la chance de laisser des chefs-d'œuvres. Mais l'on ne sait pas faire la cour aux puissans, et l'on ne réunit pas douze croix de diverses nuances. Voyez le Dominiquin, voyez Prudhon.

Le pied de cette femme à genoux dont la draperie est bleu de ciel, n'est pas du même style que le reste de la figure. Le dessein de cette figure fait par Raphaël, se voit dans la collection de ce Prince ami des arts, et qui mieux est de la justice, S. A. I. et R. le Grand-Duc de Toscane.

V.

DÉLIVRANCE DE S.ᵗ PIERRE.

––––

Cette fresque m'a donné beaucoup de peine lorsque je l'ai mise sur porcelaine. Certains détails sont fort difficiles à voir ; le tableau a beaucoup souffert surtout vers le centre, qui représente la prison de l'Apôtre.

Le profil de S.ᵗ Pierre, fort laid, celui de l'Ange libérateur et l'une des mains du prisonnier sont retouchées. J'ai remarqué une lézarde dans le mur fabriqué des materiaux les plus communs.

Le disque de la lune a été peint dans un cercle tracé en entier sur le crépi. Plusieurs pieds des figures à gauche du spectateur, sont tout à fait négligés.

––––

VI.

Dispute du S.ᵗ Sacrement.

—

Ce premier des ouvrages peints par Raphaël au Vatican, me semble aussi le meilleur. En 1508, il se battait pour sa gloire ; nous voyons souvent en France, la première œuvre d'un littérateur ou d'un artiste rester aussi la meilleure. Rappellez-vous le *Prisonnier* de Della Maria.

Raphaël en 1508 n'avait fait encore que la Jardinière que l'on voit à Paris ; car je ne regarde pas comme fort importantes ces petites peintures qui ne doivent leur immortalité que aux chefs-d'œuvres creés après 1508.

Une fente dans le mur traverse toute la figure du Christ. Le crépi menace tout à fait de tomber à côté du cercle dont le milieu est occupé par le S.ᵗ Esprit.

L'œil attristé découvre beaucoup de *restaurations ;* voyez surtout la draperie de la figure de Moyse.

La draperie blanche du Christ est peinte à *bon fresque* et achevée à sec avec des couleurs apparemment du genre de celles de l'acquarelle. Le peintre Vicar possedait un dessein de cette figure du Christ à la plume d'argent, ouvrage de Raphaël et qu'il a peut-être légué à la ville de Lille.

VII.

Le Parnasse.

—

Le crépi de ce tableau placé d'une façon si désavantageuse, au dessus et dans les côtés d'une fenêtre, a peu souffert.

Le jeune homme qui écrit l'improvisation d'Homère est de Jules Romain et non de Raphaël. Jean d'Udine a peint à *fresque sec* les lauriers et les couronnes placées sur la tête des grands poètes.

La Muse vêtue de blanc près d'Apollon est menacée par une fissure qui arrive déjà au genou.

Raphaël peignit de sa main, et avec un soin tout particulier l'Apollon qui domine la composition. Cette figure est terminée avec des hachures colorées placées sur les masses ; Florence en a un dessein à la sanguine.

Le Maratte a restauré le Mont Parnasse, et fort mal.

Le groupe à la gauche de l'Apollon, n'a presque pas souffert sous les coups de ce peintre de cour. Toutes les anciennes fentes du crépi ont été garnies de retouches à la détrempe, ce qui affadit l'ensemble du tableau. Du reste, malgré les outrages de la médiocrité, les figures ont ce *beau sérieux* l'un des grands charmes de Raphaël, voyez la tête d'Ovide. Dieu sait les grimaces d'enthousiasme que les *Cavalier d'Arpin*, les *Solimène*, les *Batoni*, et autres mauvais peintres admirés de leur vivant, eussent placées dans un tel sujet ! Cela s'appelle du feu. Ces Parnasses rappellent ce mot de la femme d'un poète glorieux : — Mon ami, fais donc tes yeux de génie.

VIII.

L'Incendie du Borgo.

———

L'Incendie du Borgo est célèbre à cause des groupes charmans placés dans le lointain, tout près de la fenêtre où apparait le Pape S.ᵗ Léon. Rien au monde n'est plus gracieux, plus grave, plus Raphaëlesque. C'est là une terrible critique de la grace des *keapsakes* anglais qui veulent être aristocratiques et sérieux.

Les figures de Raphaël ont l'âme noble et non pas un rang élevé.

Tout le monde connaît cette admirable figure portant un vase d'airain sur la tête, et appellant au secours. Elle est de la main de Raphaël ; cherchez là tout-à-fait à la droite du spectateur contre la bordure.

Ici l'on reconnaît bien l'imitation de Michel-Ange, le style fort de ce grand homme

fut le contraire de la triste timidité du Pérugin.

La plupart des groupes de cette fresque
portent le cachet des élèves de Raphaël. Vous
y reconnaitrez le style de Jules Romain, de
Pierino Bonaccorsi, de Pellegrino de Modène,
et enfin de Jean d'Udine qui a fait toute l'architecture exécutée à bon fresque.

Le groupe si dur d'Enée et Anchise, et le
Pape Léon à la fenêtre, sont de Jules Romain.

Le tableau a souffert surtout dans cette figure qui pour fuir les flammes se suspend le
long du mur à la gauche du spectateur.

Admirez la charmante figure qui monte
l'escalier.

Couronnement de Charlemagne.

—

On trouve des têtes à physionomie dans cette fresque presque tout' entière de Jules Romain. Il y a de la couleur ; et le tout est à *bon fresque*. Les fonds sont de Jean d'Udine.

———

La Justification de S.ᵗ Léon

sur la fenêtre, a été abimée par les retouches du Maratte. Il plaça des clous de fer pour relier le crépi au mur.

Ici rien de la main de Raphaël, on croit que le dessein du grand maître fut peint par Francesco Penni *il Fattore*, et par Vincenzio di San Gemignano.

LA VICTOIRE DE St LÉON
contre les Sarrasins.

La plus grande partie des figures et tout le fond ont été repeints ; un tuyau de cheminée passant dans le mur a aussi contribué à la ruine de cette malheureuse fresque.

Un dessein à la plume représentant cette défaite des Sarrasins, se trouvait autrefois dans la collection d'Orléans ; la fresque montre que Raphaël y avait fait de grands changemens.

Avant de quitter cette chambre examinez de nouveau les charmans petits groupes sur le troisième plan de l'Incendie du Borgo. Cet Incendie a fourni au voyageur Du Paty une page qui paraît délicieuse aux enrichis : que de feu !

Les peintres vulgaires ne savent pas donner de physionomie aux lointains.

Voyez les groupes sur le second plan du Martyre de St André, fresque du Dominiquin, à St Grégoire. Voyez les groupes sur le second plan de la fresque d'Andromède par le Guide, à la Galerie Farnèse. Pour bien voir Rome, il faut de bon chevaux et voir de suite toutes les choses semblables, par exemple les cours du Palais Farnèse, de la Chancellerie, du Palais Borghèse, et de Monte-Cavallo.

Je pourrais ajouter huit ou dix pages de semblables particularités, fruit de sept années d'études assidues, mais je crains de paraitre long ; et peut-être que de semblables détails pour être supportables, veulent être *montrés sur les fresques.*

Je conseillerais au petit nombre des curieux qui pendant leur séjour à Rome veulent acquerir une connaissance réellement profonde de la peinture et des arts du dessein, de prendre le Palais du Vatican pour point de départ, il s'agit de se donner la connaissance *intime et complète* de tous les objets d'art qu'il renferme. Trois personnes à ma connaissance, ont suivi cette indication, et chaque jour pendant tout le tems qu'elles avaient consacré à Rome, je les ai vues passer deux heures au Vatican, et avant de sortir on écrivait bien clairement et sans songer au style, les remarques et découvertes de la journée.

Mais ce plan de travail est bien étendu; il exige l'ardeur de la première jeunesse, ou les loisirs d'une belle vieillesse dégagée d'affaires.

J'ai proposé à d'autres voyageurs, par exemple à des Dames, de se contenter de l'étude de Raphaël tel qu'il apparait au Vatican.

Il faut noter avec le plus grand détail, les sensations que l'on doit à ce peintre, les premiers mois, qu'on le voit. On remarquera avec étonnement, si l'on repasse par Rome après trois mois, combien cette sensation a déjà changé.

Les premiers mois, en général, l'on se refuse à voir les défauts de Raphaël; c'est qu'on a la mémoire remplie des phrases des livres. La plupart des gens qui écrivent sur Raphaël, songent à la beauté de leurs phrases, bien plus qu'au sens réel des mots emphatiques qu'ils réunissent.

L'heureux mortel qui entre pour la première fois au Vatican, doit se hâter d'oublier

toutes les phrases qui lui ont fait plaisir, quand
il était au nord des Alpes. Il n'a qu'à songer
un instant, aux énormes bévues des littérateurs
qui ont voulu parler de Rome ; si l'on s'est
trompé sur quelque chose d'aussi *matériel*, que
le nombre des lacs de cette charmante montagne produite par le volcan d'Albano, et qui semble sortie des eaux pour faire point de vue au
Palais du Vatican, que sera ce lorsqu'il s'agit
de l'expression des têtes de Raphaël ? L'observation personnelle la plus mince, vaut mieux
pour nos plaisirs, que la plus belle phrase soi-
gneusement apportée de Paris.

J'ai copié dans l'Album d'une étrangère qui
en 1839, venait tous les jours, au Vatican, les pages suivantes que j'ai un peu arrangées, je l'avoue,
pour leur faire rendre tout-à-fait ma pensée.

Les Madonnes de Raphaël charment nos
regards et notre âme, c'est l'apparition d'un
être qui n'existait point avant lui, et que depuis aucun peintre n'a reproduit. Cet être tient
effectivement le milieu entre nous autres hommes et la Divinité.

S'il est permis de parler en termes vulgaires et humains, des Madonnes de Raphaël, je
dirais que ces êtres sublimes sont des essais de
beauté, des *études*.

Raphaël rencontrait une belle fille. A propos de cette tête charmante, se disait–il, et en
partant des beautés qu'elle réunit, cherchons
la beauté parfaite.

D'abord il s'agit d'ôter les imperfections,
puis de voir s'il ne serait pas possible d'ajouter
quelque beauté, mais il faut qu'elle ne contrarie
pas celles que nous admirons déjà. Chacune de
ses Madonnes si nombreuses (environ 200) fut
pour lui un voyage de découvertes dans le
pays de la beauté.

Si l'on veut y réfléchir avec quelque suite,
l'on verra que les passions *éclipsent* la beauté;
pour être visible la beauté sublime doit être
exempte de passions violentes.

Telle est l'heureuse position de la Madonne
régardant son Fils. Tout au plus quelquefois
elle songe aux terribles propheties que l'Enfant
divin doit accomplir, mais enfin il doit triompher.

Ces êtres sublimes créés par Raphaël, ne parlent presque pas à la partie vulgaire de notre âme, et je vois des foules de spectateurs qui sans le nom du grand peintre ne trouveraient rien que d'ennuyeux dans ses Madonnes si vantées.

En presence d'un de ces chefs–d'œuvre, si l'âme n'était pas ravie, si l'on pouvait songer distinctement aux choses vulgaires de la vie, on desirerait être admis dans la société d'une telle femme, mais après avoir eu ce bonheur, l'âme se trouverait comme opprimée par le respect.

En voyant la Madonne du Corrège (à la Bibliothèque de Parme), le cœur est enflammé par les idées les plus ravissantes, l'on songe au caractère si touchant de l'Héloïse d'Abeylard, et au mot célèbre sur la femme de l'Empereur Auguste.

Le Corrège est plus humain, et nous touche de plus près (si le Corrège ne plait guères en France, c'est que la place est prise par un peintre national, par Boucher).

Les Madonnes de Raphaël nous enlèvent hors de nous mêmes, c'est l'excès du genre admiratif; or cet effort ne doit pas se renouveller trop souvent. J'ai remarqué que l'on n'aime pas à voir de suite, trois ou quatre Madonnes de Raphaël. M. Passavant compte je pense 180 ou 200 Madonnes réellement différentes, de Raphaël.

Ce grand homme, mort à 37 ans, a laissé ces Madonnes, outre le nombre l'on peut dire infini de ses tableaux.

Il corrigeait rarement une chose mal venue; voyez la main gauche de la Fornarina au Palais Barberini. Cette âme, devorée du besoin d'agir, ne connaissait point la savante hesitation des modernes.

Les têtes de Raphaël même les plus parfaites, qui sont peut–être celles des Cartons d'Hamptoncourt, peignent plutôt la manière dont une *âme noble cherche habituellement le bonheur,* que le transport desordonné d'un être trop voisin d'un malheur extrême, ou d'un bonheur parfait. En un mot Raphaël peint plutôt le caractère que les passions ; son triomphe c'est un noble caractère remué par une nuance légère de passion.

Si les arts dont Raphaël s'occupait ne peuvent pas rendre le *point extrême* d'une passion, c'est que certaines positions de la figure humaine *ne doivent pas être régardés trop longtems*.

C'est la déclamation de Talma, c'est la *mimique* des Ballets de Vigano, c'est la danse de Mlle Elsler qui s'emparent de ces positions extrêmes. La peinture, la sculpture, le chant ne peuvent y toucher.

Ceci convenu, est-il possible à la peinture d'approcher de plus près des momens de passion extrême, que ne l'a fait Raphaël ?

Je réponds par la Judith du Dominiquin à la Villa Aldobrandini et par la Ste Cécile à moitié massacrée, et le cou sanglant, de St Louis des Français.

Je croirais que les arts du dessein ne peuvent rendre que les malheurs que l'être humain voit *réfléchis* dans son âme, et non le malheur *vu directement* dans la nature.

Pour prendre un exemple grossier, et un malheur que tout le monde comprène, la vue de la mort qui va nous saisir dans un instant, souvent fait faire une grimace qui devient ridicule si l'imitation de l'art *dure plus d'un quart de seconde.*

Mais les arts du dessein peuvent essayer la figure de Didon *pallida morte futurâ.*

Le Guerchin a fait de Didon sur son bucher, une femme triste et rien de plus (Palais Spada). Toutes les Cléopatres, toutes les Lucrèces du Guide, et de tant d'autres, ne sont que des femmes tristes. Personne n'a pû approcher de la S.ᵗᵉ Cécile de S.ᵗ Louis des Français.

Les Carraches et leur école ont fait quelques Saints François *contrits.*

Prenez la tête du S.ᵗ Jean écrivant son Evangile (l'un des Pendentifs de S.ᵗ André della Valle), et cherchez une tête à mettre à côté, pour *l'idée du ravissement imprimée dans votre âme.*

Vous ne trouverez absolument que la Madonne du Corrège à la Bibliothèque de Parme.

Voyez à quelle énorme hérésie nous sommes arrivés : Raphaël surpassé *dans l'expression*. Mais personne ne l'égale pour l'expression des nuances de passion.

M. Passavant, peintre de Francfort, a voyagé pendant huit année, je l'ai rencontré plusieurs fois; puis il nous a donné l'indication exacte des lieux où se trouvent chacun des ouvrages de Raphaël.

Ce livre, qui n'est pas encore traduit, est peut-être le plus grand service que l'on put rendre aux arts avec de l'encre.

Ne jugez pas des têtes d'Hamptoncourt par les lourdes et plates gravures que l'on vient d'en faire, il y a quelques années. J'aime mieux les anciennes de Daligny.

Quelle différence pour la gloire de Raphaël si au lieu de travailler à des sujets antipitto-resques, il eut eu l'idée de représenter les *imaginations singulières* de son ami le poète Arioste !

CHAPITRE VINGT-UNIÈME

TOMBEAUX DE CORNETTO.

Le voyageur ne doit pas manquer d'aller voir à un quart de lieue hors de la Porte Pia, le tombeau récemment découvert par M. le Comte Lozano. Sculpteur médiocre.

Je conseillerais même de sacrifier 48 heures au plaisir de descendre dans des tombeaux étrusques qui ont plus de 2,000 ans. Ce sont sept petites caves à 12 pieds sous terre, trouvées dans le Cimetière ou Nécropole de l'ancienne Tarquinie, à 10 minutes de Cornetto, et à 12 heures de Rome; on passe par Civita-Vecchia, qui est devenue le dépôt général de toutes les antiquités découvertes sur cette cote.

Ces tombeaux remplis de vases sont garnis de fresques bien étonnantes ; on dirait les corps dessinés par l'Ecole de Raphaël, les *torses* surtout sont admirables, et toutes les mains semblent dessinées par des gamins. Les yeux des figures de profil sont vus de face, signe de haute antiquité. M. Carlo Ruspi de Rome (Via Nova) a fait 22 copies de ces fresques pour le Roi de Bavière ; chercher à les voir.

Pline ne parle pas de ces monumens ni des vases et tasses à deux anses qui les remplissent ; donc Rome de son tems ne les connaissait point.

Voir au Magazin de M. Donato Bucci à Civita-Vecchia, les vases et autres antiquités trouvés dans ces tombeaux.

Le nombre des tombeaux *cachés sous terre*, existant sur cette cote de Montalto au Tibre, est infini, on ne peut presque creuser la terre sans trouver quelque chose. Il n'est pas de paysan qui ne trouve cinq ou six pierres gravées tous les ans, ces gravure sont exécutées avec une liberté de main bien singulière.

Les Etrusques comme les Egyptiens *cachaient* leur tombeaux, les Romains au midi du Tibre étalaient les leur le long des grandes routes. Rappellez vous Cecilia Metella. Mais le prétendu tombeau des Horaces ou de Porsenna à 10 minutes d'Albano, que depuis vingt ans l'on suppose *étrusque*, se trouve hors de terre et fort en évidence.

Peut-être est ce le tombeau d'un Roi étrusque et y avait-il exception pour les Rois?

A Cerveteri, à 28 milles de Rome sur la route de Civita-Vecchia, voir les onze statues découvertes en Janvier 1840, par M. Paul Calabresi. Remarquer les statues assises et à demi nues de deux Empereurs; hardiesse avec laquelle le marbre est travaillé, ces statues sont peut-être du siècle d'Adrien. Les draperies des deux statues de femme rappellent celles de la Minerva Medica (Vatican).

Liste des Peintres Italiens

dont il faut regarder les ouvrages.

—

A vrai dire, pendant les deux premières années que l'on passe en Italie, il ne faut regarder que les tableaux des 50 peintres dont les noms suivent.

Ecole Romaine.

Pérugin	né en	1446,	mort en	1524
Raphaël	»	1483,	»	1520
Pinturicchio (à Sienne). . .	»	1454,	»	1513
André d'Assisi, dit l'Ingegno	»	1460?	»	1550?
Spagna, vivait en 1520.				
Jules Romain (Palais du T.)	»	1492,	»	1546
Perrin del Vaga	»	1500,	»	1547
Le Barroche	»	1528,	»	1612
Poussin	»	1594,	»	1665
Claude Lorrain	»	1600,	»	1682

ECOLE DE VENISE.

Gentil Bellin . . . . né en	1421 ,	mort en	1500
Jean Bellin. . . . . »	1424 ,	»	1514
LE TITIEN . . . . »	1477 ,	»	1576
LE GIORGION . . . . . . »	1478 ,	»	1511
Sébastien del Piombo . . . »	1485 ,	»	1547
Pâris Bordone. . . . . . »	1500 ,	»	1570

Bassano , père et fils , de 1510-1591.

Le Tintoret (la vivacité des mou-

vemens) . . . . »	1512 ,	»	1594
PAUL VÉRONÈSE . . . . . »	1530 ,	»	1588
Palme , le jeune . . . . . »	1544 ,	»	1628
Palme , le vieux. . . . . »	1548 ,	»	1596
Pordenone . . . . »	1540 ,	»	1596
Bonifazio . . . . »	1553 ,	»	1615

ECOLE DE FLORENCE.

CIMABUE. . . . . »	1240 ,	»	1300
GIOTTO . . . . »	1276 ,	»	1336
Masaccio (al Carmine Florence) »	1401 ,	»	1443
Filippo Lippi (à la Minerve). »	1400 ,	»	1469
Beato Angelico di Fiesole. . »	1387 ,	»	1455
Ghirlandajo Dominique. . . »	1451 ,	»	1495

Michel–Ange (Sixtine) . .	né en	1447 ,	mort en	1519
Luca Signorelli (voir ses ouvra-				
ges à Orvieto)	»	1440 ,	»	1521
Léonard de Vinci	»	1452 ,	»	1519
Daniel de Volterre	»	—— ,	»	1556
Fra Bartolommeo	»	1469 ,	»	1517
André del Sarto	»	1488 ,	»	1530
Pontorme (à la Farnesina). .	»	1493 ,	»	1556
Sodome (Razzi)	»	1490 ,	»	1536

ECOLE DE NAPLES.

Salvator Rosa	»	1615 ,	»	1673

Solimène (gagna trois millions
vers 1710 à force de charla-
tanisme. A Paris combien de
grands artistes tombent dans
l'oubli, au moment où ils ne
peuvent plus solliciter d'arti-
cles dans les Journaux ! Rappellez vous la vente des desseins de Girodet).

ECOLE LOMBARDE.

Mantegne	»	1430 ,	»	1506
Corrège (voir Parme). . .	»	1494 ,	»	1534

Parmigianino	né en	1504 ,	mort en	1540
Schedone	»	1560 ,	»	1616
Luini (voir Sarono). . . .	»	1460 ,	»	1530
Le Morone	»	1567 ,	»	1578
Gaudenzio Ferrari	»	1484 ,	»	1550

ECOLE DE BOLOGNE.

Carrache (Louis)	»	1555 ,	»	1618
Carrache (Augustin). . . .	»	1558 ,	»	1605
Carrache (Annibal) (Palais Farnese)	»	1560 ,	»	1609
Michel-Ange de Carravage .	»	1569 ,	»	1609
Le Guide	»	1575 ,	»	1642
DOMINIQUIN (S.ᵗ André della Valle)	»	1581 ,	»	1641
LE GUERCHIN (Palais Costaguti)	»	1597 ,	»	1667

Baisser les yeux devant les tableaux qui ne portent pas un des noms précédens, et ne pas écouter les contes des Cicerone.

Des Ecoles en Italie.

—

En y regardant de bien près, on pourrait distinguer en Italie, non pas seulement cinq écoles mais *onze*. Suivant moi la division en cinq écoles suffit pour la clarté des souvenirs.

Chacune des quatre écoles eut de l'*originalité* jusqu'à Louis Carrache qui vers 1580 eut l'idée d'imiter ce que chaque école avait de mieux : la couleur des Vénitiens ; le *clair-obscur* de Léonard de Vinci et du divin Corrège ; le dessein de Michel-Ange et de l'Ecole de Florence ; l'expression de Raphaël et de l'Ecole Romaine.

Depuis l'an 1600 tout le monde a imité tout le monde, au moyen du mécanisme que voici. Le hasard conduisait à Venise un jeune peintre né à Florence ; il se disait en voyant

les Miracles du Giorgion, du Titien, de Pâris
Bordone, etc., etc.: Voici une manière nouvelle;
l'éclat de ces couleurs, l'air gai et jeune de ces
figures plaira peut-être à Florence; en travaillant ainsi je vendrai mes tableaux: il retournait
à Florence, et fesait fortune. Les peintres qui
venaient après lui désertaient la triste couleur
des anciens maîtres et l'*originalité* se perdait.

Chose singulière ! quoi de plus plausible en
apparence que d'imiter la couleur si belle du
Titien ? hé bien ! avec l'originalité, l'*impulsion
intérieure,* le *beau* a cessé de se montrer dans
les quatre écoles anciennes.

Après 1600 quel peintre de Naples, de Rome, de Florence, de Milan a montré du génie?

En cherchant bien, on trouve Claude Lorrain qui avait l'âme militaire de son pays, et
Salvator Rosa pauvre dessinateur. Du reste tous
les deux paysagistes, genre qui n'était qu'*acces-
soire* dans les quatre écoles anciennes. Tant il
est vrai que l'on ne peut-être quelque chose
dans les arts qu'en étant soi-même.

Un homme patient qui publierait l'indication du lieu où se trouvent en 1840 les tableaux des 50 peintres qu'il faut regarder, rendrait un grand service.

CHAPITRE VINGT-DEUXIÈME

ENCORE DE RAPHAËL.

———

Je ne sais si le lecteur me permettra
d'ajouter deux ou trois pages à une notice déjà
trop longue, et que je croyais d'abord, devoir
à peine arriver à une centaine de pages. Je
cède à la tentation de placer ici quelques détails
sur Raphaël peut-être peu connus en France.

Marc-Antoine MICHIEL, un Vénitien, se trouvait à Rome, le 11 Avril 1520 ; il écrivit une
lettre qui existe encore, à Antoine Marsili à
Venise.

D'abord il parle d'une pierre posée sur
quatre colonnes dans l'Eglise de S.ᵗ Jean, et qui

marque la véritable taille de J. C. personne n'a cette taille tout juste. Puis il ajoute :

« Le Vendredi Saint sur le soir, à 3 heures (environ 9 heures et trois quarts, le 6 Avril), mourut l'aimable et excellent peintre Raphaël d'Urbin. Il s'occupait d'un ouvrage sur les édifices antiques de Rome. Il eut donné le plan des ruines, la description du local, et même une vue de la façade, quand il aurait pû la deviner d'après les livres des anciens. Le deuil a été grand. La mort est venue enlever ce jeune maître le jour même anniversaire de sa naissance. Le Pape lui-même a été profondément touché de la perte qui menaçait Rome, et pendant les quinze jours qu'a duré sa maladie, a envoyé dix fois le visiter et lui donner courage. Pensez à ce qu'ont du faire les Seigneurs de la Cour! Et comme ces jours-ci le Palais du Pape (au Vatican) a menacé ruine, de façon que S. S. a été obligée d'aller habiter l'appartement de Monseigneur de Cibo, il se trouve force gens qui disent que ce n'est pas le poid des portiques superposés qui a causé cet accident, mais que par un signe évident, cet édifice a voulu annoncer que *son Créateur allait manquer.*

« On dit que Raphaël laisse 16 milles ducats, dont 5 milles argent comptant, à distribuer presque en totalité à ses amis et serviteurs. La maison autrefois du Bramante, qu'il avait achetée 3 milles ducats, il la laisse au Cardinal de Santa Maria in Portico. Je l'ai vu ensevelir à la Rotonde, où il a été transporté avec honneur, sans-doute cette belle âme sera allé contempler ces Palais célestes qui ne sont sujets à aucun défaut, tandis que son nom restera immortel ici bas sur la terre.

« Le monde a souffert une perte bien moindre, quoique telle ne soit pas l'opinion du vulgaire par la mort du Seigneur Agostino GHISI (Ghigi) qui est mort la nuit passée. On dit qu'il a laissé en argent comptant, meubles, palais, contrats, etc., etc., huit millions de ducats. On dit que Michel-Ange est malade à Florence, dites donc à notre ami, le grand peintre N. qu'il soigne sa santé, et croyez-moi etc.

MARC-ANTOINE ».

Richardson anglais, auteur d'une Histoire de la peinture, bonne à lire parcequ'elle a d'autres préjugés que les notres, donne la copie d'une lettre de Raphaël, qui de son tems (1699) existait chez le Cardinal Albani, qui fut élu Pape en 1700, et s'appela Clément XI.

Raphaël écrivait à *Simon di Battista di Ciarla*, d'Urbin, un de ses oncles, il donne les raisons qu'il a eues pour ne pas accepter une proposition de mariage qui vient de lui être faite. Le Cardinal Bibbiena lui avait offert la main d'une de ses parentes, et Raphaël avait promis de l'épouser, si ce mariage avait l'approbation de l'oncle auquel il écrit, et d'un autre oncle prêtre.

Vers la fin de la lettre Raphaël dit que son avoir à Rome arrive à la somme de 3000 ducats d'or (20,700 francs).

Que de plus, en sa qualité d'architecte de S.ᵗ Pierre il reçoit 50 écus d'or par an (580 fr.) et jouit d'une pension annuelle de 300 ducats d'or (2080 fr.), il ne compte pas ce qu'il gagne d'ailleurs par ses travaux. Il ajoute qu'il a commencé une autre chambre pour le Pape, laquelle lui sera payée 1200 ducats d'or (8300 fr.).

Apparemment qu'il s'agit ici de la chambre de l'*Incendie du Borgo*. « De façon, cher oncle, « que je vous fais honneur à vous et à toute « la famille, croyez que je vous aime comme « un père ».

Raphaël ajoute qu'il occupe la place de Bramante, que S.ᵗ Pierre est le principal objet des pensées du Pape, que cette Eglise coûtera plus d'un million d'or (6 millions 900 mille francs), que Sa Sainteté assigne pour les dépenses de cet ouvrage, plus de 60 mille ducats par an (414 milles fr.). Du reste lui Raphaël a pour adjoint Fra Joconde, lequel a près de 80 ans, et le Pape l'appelle tous les jours, ainsi que Fra Joconde pour parler longuement de S.ᵗ Pierre.

CHAPITRE VINGT-TROISIÈME

ET DERNIER

LISTE DES TABLEAUX MENTIONNÉS DANS CET OUVRAGE
QUI ONT ÉTÉ COPIÉS PAR L'AUTEUR.

La Transfiguration.

L'Ecole d'Athènes.

Le Miracle de Bolsène.

La Délivrance de S.ᵗ Pierre.

La Vision d'Ezéchiel.

La Vierge à la Chaise.

Portrait de Léon X.

La Madonne di Casa Tempi.

La Vierge de François I à Paris.

La Fornarina.

Le S.ᵗ Jean de la Tribune.

La Vierge au Poisson.

La Visitation.

La Vierge de Foligno.

La Vénus de Titien.

Le Mariage de Ste Cathérine ⎫

La Vierge dite à la Chemise ⎬ du Corrège.

Le Christ du Vatican ⎭

La Madonne du Grand-Duc de Toscane, de Raphaël.

L'Entrée d'Henri IV, de Gérard.

La Madonne du Sac, d'André del Sarto.

La Poésie, de Carlo Dolci.

TABLE

En revoyant ces feuilles, il me semble
que l'imprimerie a oublié celle où je reproche à
l'Ecole de Bologne, et même au Dominiquin et
au Guide, de faire trop charnus les genoux de
leurs figures. Quant aux draperies, on passe
condamnation en général, sur leur ampleur

excessive, l'Ecole de Bologne regardait cette ampleur comme un moyen de dignité, cela fesait partie de son *Beau idéal*.

Je dois un dernier avis aux voyageurs ; voici quelle a été pendant le Printems de 1840 le façon la plus à la mode de parler des grands peintres. Le voyageur qui a quelque prétention à une manière d'être distinguée, et à des mots destinés à être repétés, choisit quelque ouvrage peu renommé d'un grand peintre, et il accable ce tableau que personne presque n'a vu, des louanges que tous les gens de goût accordent aux chefs-d'œuvre de ce peintre. Si le mot du jeune savant réussit toute la société des étrangers est obligée d'aller faire connaissance avec le tableau nouvellement vanté, lequel entraîne avec lui dans sa gloire nouvelle l'homme de goût qui l'a mis à la mode.

F I N.

edition de

Stendhal

rel. de l'époque

en ~~reliure~~ E. Vanderoom

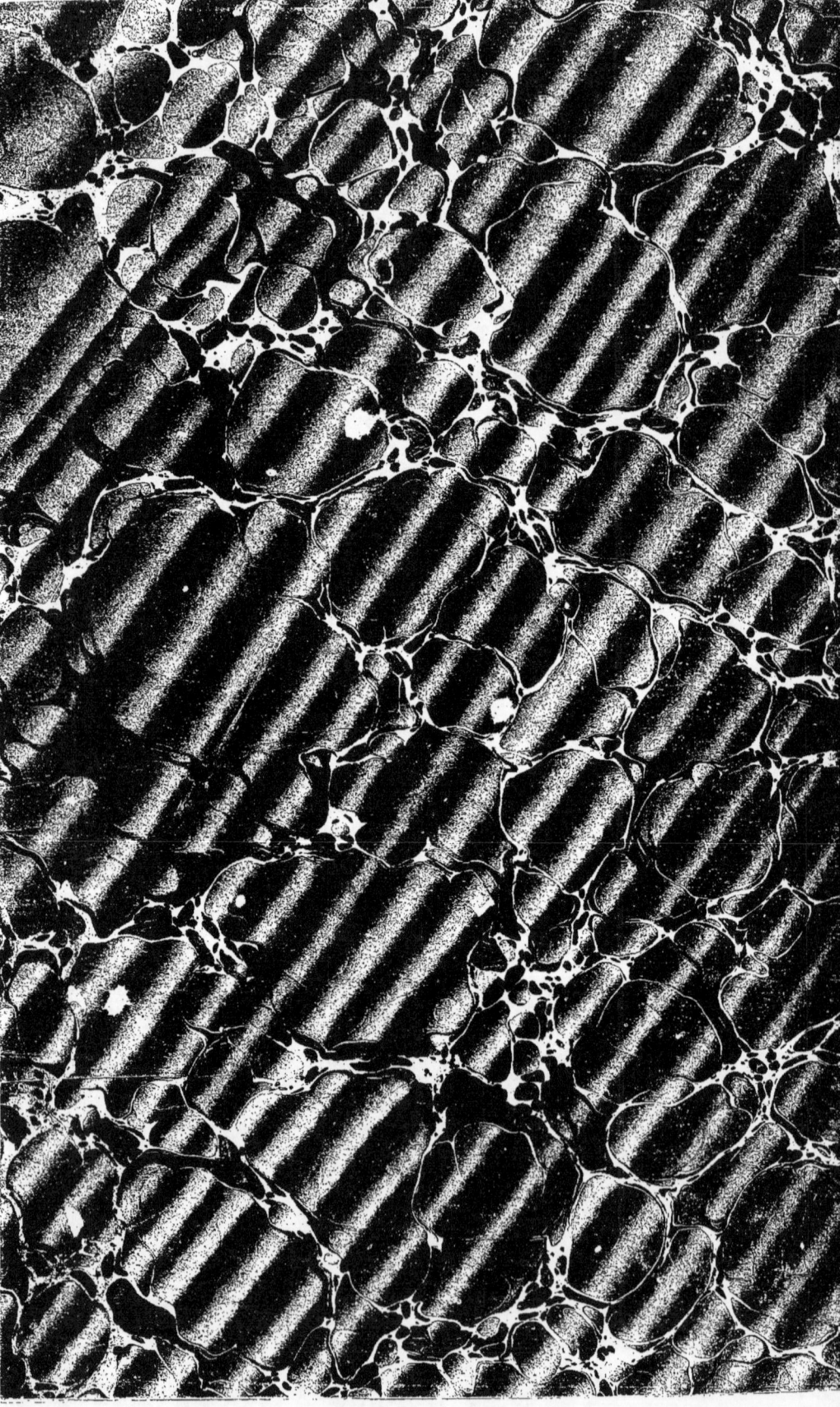

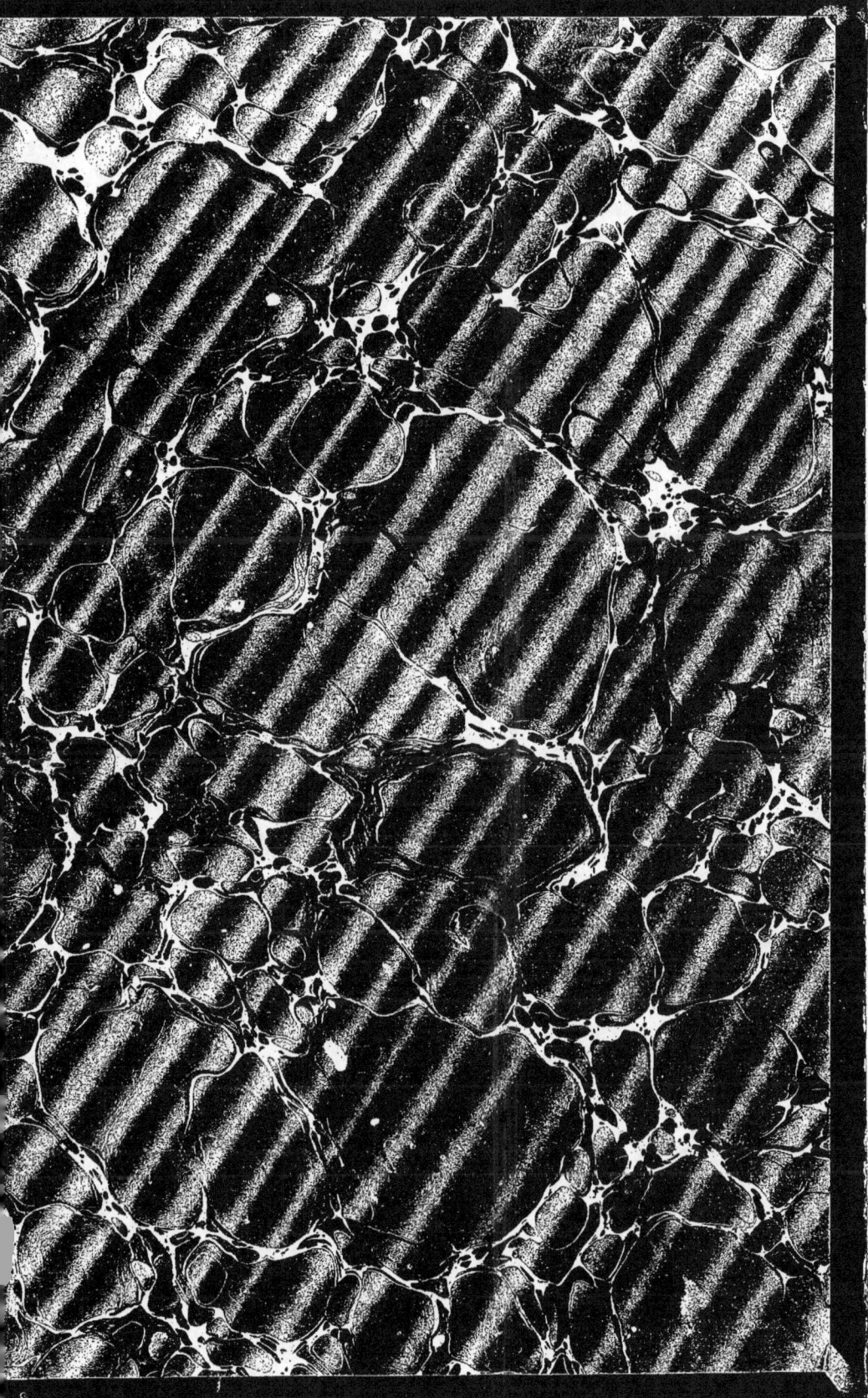

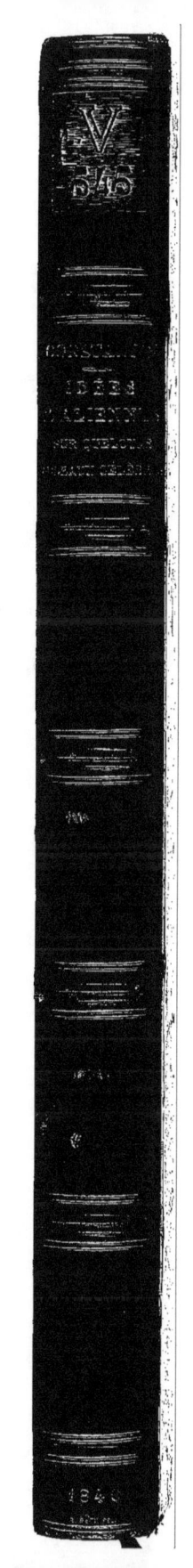

www.ingramcontent.com/pod-product-compliance
Lightning Source LLC
Chambersburg PA
CBHW050320030726
47505CB00003B/789